NEW ROMANCE®

AUDREY
CARLAN

INTERNATIONAL GUY
#6 MONTRÉAL

Roman

Traduit de l'américain
par Robyn Stella Bligh

À Pierre Bourdon.
Tu nous as transmis ton amour du Canada
et des traditions québécoises,
et ma sœur de cœur et moi-même t'en remercions.
Nous deux, filles de Californie,
nous n'oublierons jamais
avoir vu la neige tomber au printemps,
ce pneu à plat dans le vieux Québec,
les vues époustouflantes,
les vieilleries couvertes de neige
et l'église tout illuminée, dont le souvenir
restera dans nos cœurs pour toujours.
Merci, frère de cœur.

CHAPITRE 1

Je me sens vide. Tout ce que je suis, tout ce que je pensais pouvoir être, est resté entre les mains d'une femme. Une femme sublime, pétillante, sexy, et en fin de compte... manipulatrice. J'aurais dû savoir que ça ne marcherait pas entre nous, que ça ne pouvait pas marcher. Elle est célèbre, et je ne suis personne.

Skyler Paige.

La femme de mes rêves.

Pourquoi une fille comme elle choisirait d'être en couple avec un simple homme d'affaires de Boston qui aime la bière et le base-ball, alors qu'elle pourrait avoir n'importe qui sur terre ? Ça n'a pas de sens. Nous étions insensés, même si, quelque temps, j'ai cru qu'elle était à moi, que sa beauté et son âme étaient miennes.

Mais je l'ai perdue. J'ai tout perdu.

Je ne sais comment aller de l'avant. Je ne sais quelle doit être ma prochaine action. Honnêtement, je ne me suis pas senti ainsi depuis... jamais. Même quand Kayla m'a trompé, je n'ai pas ressenti ça. J'ai l'impression d'avoir été éventré, étripé.

Et puis, il y a mes frères. Dès que Bo et Royce l'apprendront, ils ne me lâcheront plus. Ils me forceront à parler d'elle, à m'en remettre, à tourner la page. Comment est-on censé se remettre d'avoir perdu l'amour de sa vie ? J'ai déjà vécu ça, je savais quel risque je prenais en me mettant en couple avec Skyler. Mais ça ne m'a pas empêché de foncer tête baissée, aveuglé par ses « chéri », son manque de confiance en elle et par l'impression qu'elle donnait d'avoir besoin de moi.

Le fait que Skyler comptait sur moi me remplissait de fierté. C'était un rêve pour moi d'entendre sa voix au téléphone tous les soirs, de l'avoir dans mon lit dès qu'on en avait l'occasion. Or, comme la plupart des rêves, le mien a viré au cauchemar.

Je suppose que ce n'était pas fait pour durer, tout simplement. C'est le cas de beaucoup de choses, d'ailleurs. Ma mère m'avait même mis en garde, quand j'étais petit.

« *Les moments de joie sont comme le sable, qui file entre les doigts un grain à la fois. Quand on les vit, on est envahi de la plus belle sensation au monde. Or, cela finit aussi vite que ça a débuté. Alors, il ne nous reste plus que le souvenir de l'instant, la sensation d'avoir touché du bout des doigts quelque chose de doux et d'étincelant. C'est ce qui fait la beauté de ces moments, et c'est une chance d'en faire l'expérience. Souviens-t'en, mon fils. Tout n'est pas fait pour durer dans la vie.* »

Je vais dans la cuisine pour prendre une autre bière et ajouter une quatrième bouteille vide à celles qui sont déjà sur la table.

J'étais dans le brouillard quand j'ai pris l'avion pour Boston. Je me souviens juste d'être entré dans la première boutique venue pour acheter un nouveau téléphone. Ensuite, j'ai téléchargé la dernière sauvegarde que j'avais faite, et je l'ai éteint. Depuis, je me suis enfermé chez moi.

Le fixe sonne de temps en temps et l'écran indique que c'est Wendy, mais je l'ignore et laisse le répondeur faire son travail. Je me déplace comme un zombie, je ne sens plus rien. J'avais dit à Royce que je prenais quelques jours de repos et que je les appellerais aujourd'hui. Il doit penser que je suis en plein marathon de sexe. Ce devrait être le cas, bon sang !

Une violente colère me tord soudain les entrailles.

– Putain !

Je rugis en repensant à sa trahison et mes poils se dressent sur ma nuque. Je ferme le poing sur la bouteille et je regarde le plafond.

Il est blanc. Plat. Vide.

Soudain, je la vois.

Dans les bras de Johan...

Elle passe la nuit avec lui...

Je vois ses jolies mains sur le corps de cet enfoiré...

Je le vois l'embrasser...

Les images se suivent, chacune plus enrageante que la précédente. Je tremble des pieds à la tête.

– Pourquoi, Skyler. Pourquoi tu m'as fait ça ? Pourquoi tu nous as fait ça ? je hurle.

Je bous de rage et mon sang s'embrase, j'ai l'impression de brûler de l'intérieur. C'est insupportable. Ce désespoir, l'horreur qui m'envahit quand je pense à la femme à qui j'ai offert mon cœur.

Je la vois me souffler un baiser et je ferme les yeux. Sans m'en rendre compte, je recule le coude et passe mon poing et la bouteille de bière à travers la cloison de la cuisine.

Une douleur intense m'envahit la main et remonte jusqu'à mon épaule. En poussant un cri guttural, je tombe à genoux en tenant ma main ensanglantée. Je me retiens de justesse au plan de travail, qui ralentit ma chute, mais je m'écrase néanmoins sur le carrelage.

Tout à coup, la porte de l'appartement s'ouvre et je lève la tête. J'aperçois deux bottes de motard.

– Frangin... merde ! s'écrie Bo, paniqué. Bon sang... qu'est-ce qu'elle t'a fait ?

Je ferme les yeux, trop honteux pour regarder mon meilleur ami.

– Merde, Parker, il va te falloir des points de suture. Tu t'es peut-être cassé quelque chose. Qu'est-ce que t'as foutu ? demande-t-il avant de regarder le mur devant moi. Tu as frappé le mur ? Mais comment tu t'es coupé ? ajoute-t-il en enveloppant ma main dans un torchon. Mec... La blessure est profonde et tu n'arrêtes pas de saigner. Il faut qu'on aille aux urgences.

– C'est mort, je bafouille en secouant la tête. J'y vais pas.

– Bien sûr que si ! À moins que tu veuilles que j'appelle Madame Ellis ? C'est sans doute plus douloureux que d'avoir à ravaler ta fierté et laisser ton pote t'emmener, non ? Allez viens, tu trempes le torchon et j'ai peur du sang.

Le sang fait peur à Bo !

Je réprime un éclat de rire, aussitôt les quatre bières ingurgitées me tordent les boyaux. La femme que j'aime m'a trompé. Comme Kayla. Mon passé refait surface et aggrave mon désespoir actuel, comme un couteau enfoncé dans une plaie qui peine à cicatriser.

Ma bouche se remplit soudain de salive et d'un goût amer.

– Oh non, je siffle en me tenant le ventre.

Bo me soulève et m'aide à me pencher au-dessus de l'évier juste à temps. Lorsque je pense avoir tout vomi, j'ouvre le robinet et je me rince la bouche.

– De l'eau, s'il te plaît, je dis en désignant le frigo.

Bo attrape une bouteille et la pose devant moi sur le plan de travail, puis il sort de la cuisine sans un mot. J'ai à peine bu deux gorgées qu'il est à mes pieds avec mes

Nike. Je mets un pied après l'autre dans les baskets et il les lace en silence, prenant soin de moi puisque je ne suis pas capable de le faire moi-même. Il attrape mon sweat-shirt gris et m'aide à le mettre sans que je me blesse davantage.

Bon sang, j'ai des amis géniaux.

Il m'accompagne à la porte et attrape les clés de ma Tesla. Bo conduit une moto, et il sait que je ne monterai jamais derrière lui, blessé ou non, c'est mort.

La voiture est parfaitement silencieuse tandis que nous nous rendons à l'hôpital le plus proche.

– Tu vas me dire ce qu'il s'est passé ? demande-t-il enfin.

– Il n'y a pas grand-chose à dire, je soupire en me massant le front.

– Ah ? Selon moi, il y a toujours de bonnes raisons pour pousser un homme à frapper un mur, et toutes impliquent une seule chose...

– Ah bon ? Je t'en prie, éclaire-moi, je réponds sèchement.

– Une femme.

Je grince des dents et regarde par la fenêtre.

– Ta nana est sans doute la plus belle femme de la terre. Ce n'est pas forcément facile de garder une beauté comme ça, dit-il en me regardant d'un air compatissant. Surtout qu'elle est en une de la presse people d'aujourd'hui, en train d'entrer à l'hôtel St Regis de New York, le même hôtel dont elle est sortie ce matin et où séjourne son ex-petit ami. Ça ne peut pas être une coïncidence.

– Ça n'en est pas une, je soupire en réprimant la colère que déclenche mon aveu.

– Pourquoi elle y a été ? demande-t-il d'un ton surpris.

– Je n'en ai pas la moindre idée.

– Tu ne lui as pas parlé ?

– Je l'ai appelée ce matin après avoir dormi trois heures dans son lit, tout seul. Je me faisais du souci. Devine qui a décroché en se vantant de tout ce qu'ils avaient fait pendant la nuit.

– Je ne peux pas y croire, rétorque Bo d'un air dégoûté.

J'aimerais ne pas y croire, non plus.

– Eh bien, crois-le si tu peux. Elle y était. J'ai entendu sa voix pendant que je disais à cet enfoiré toute la crasse que Wendy a trouvée sur lui.

– Il va la laisser tranquille ? demande-t-il en doublant.

– J'espère. Cela dit, tout ça n'a aucune importance maintenant qu'elle a passé la nuit avec lui.

Je suis de nouveau assailli d'images d'elle et Johan et j'ai tant de mal à respirer que j'ouvre la vitre pour avoir de l'air.

– Est-ce qu'elle a essayé de t'appeler ? De t'expliquer ce qui s'est passé ? demande-t-il, incrédule.

– Peu importe. Elle m'a trompé. Avec le putain d'ex qui lui fait du chantage.

– Je ne sais pas, mec, répond Bo en triturant sa barbe. La femme que j'ai rencontrée au *Lucky's* était dingue de toi. Et n'essaie pas de dire que tu n'es pas dingue d'elle, non plus, parce que tout le monde l'a vu.

– Bon sang, mais je l'aime, Bo. Je l'aime ! Et elle m'a trompé. Comme Kayla. Tu as raison de t'en tenir à tes poulettes, de t'amuser. Qu'elle aille se faire foutre et l'amour aussi !

J'ai si mal à la main que je me couvre de sueur. J'ouvre davantage la vitre et respire une grande bouffée d'air frais pour lutter contre la nausée.

– Mec, je sais que tu souffres et que la colère te ronge, mais il doit y avoir une explication. Skyler n'est pas du genre à tromper.

– Parce que tu connais des gens qui sont du genre à tromper, toi ?

– Ben oui, moi, répond-il en souriant.

J'expire tout l'air de mes poumons et ravale le nœud qui se forme dans ma gorge.

– N'importe quoi ! Tes poulettes savent à quoi s'en tenir. Tout ce que je sais, mec, c'est qu'elle était là-bas, avec lui, toute la nuit. Elle n'a pas répondu à mes appels ni à mes messages. J'ai dormi dans un lit vide pendant qu'elle renouait avec son ex.

– C'est ce qu'elle a dit ? Qu'elle se remettait avec son ex ? s'exclame-t-il avec dégoût.

– Non ! C'est ce que lui a dit !

– Et tu le crois ? s'étonne-t-il.

– Elle était dans sa chambre et elle a passé la nuit dans son lit. Dans le lit d'un type qui l'a menacée de révéler des photos affreuses d'elle... qu'il avait prises sans son consentement. Un type qui voulait cinquante millions de dollars pour que la presse ne l'apprenne pas. Et elle est allée dans sa chambre d'hôtel. En laissant ses gardes du corps chez elle.

– Rien que ça, c'est dangereux, admet Bo.

– Exactement. Pour elle, ça pourrait être fatal. Mais elle a pris le risque de le retrouver à son hôtel et d'y passer la nuit. Quand j'ai appelé à six heures du matin et que je l'ai menacé, il était ravi de me dire ce qu'il avait fait avec elle...

Mon sang se glace et ma gorge se noue tandis qu'une nouvelle envie de frapper quelque chose me saisit.

– Putain !

– Détends-toi, mec. On viendra à bout de cette histoire. J'ai du mal à le croire, c'est tout, dit-il d'une voix calme.

Parfois, je me demande si Bo a déjà suffisamment tenu à une femme pour souffrir comme je souffre. Il a eu des dizaines, voire des centaines de nanas, depuis que je le connais, mais il ne leur a jamais rien promis en dehors de ce qu'il a dans le froc. Il ne peut pas comprendre.

– Moi, je ne trouve pas ça dur à croire. J'aimais Kayla, et elle m'a trompé avec notre meilleur ami. J'aime Skyler, et elle me trahit avec son ex. Il y a comme un schéma, tu ne trouves pas ?

Bo gonfle ses poumons en prenant la sortie pour l'hôpital.

– Cette histoire a beau être tordue, donne-lui une chance de mettre les choses au clair, d'accord ? Tu peux faire ça ?

L'idée d'entendre sa voix me remplit de joie, mais ce n'est que de courte durée, car une colère noire s'empare de moi dès que je me rappelle ce qu'elle a fait.

– Je ne promets rien.

– Bon, acquiesce Bo en haussant la tête. Pour l'instant, il faut te recoudre la main. On verra la suite plus tard.

◆◆◆

Je suis de retour chez moi avec deux doigts cassés dans une attelle, vingt points de suture et la main entièrement bandée. J'ai une bière fraîche dans ma main saine, les pieds sur la table basse et une boîte d'antidouleur ultraforts à ma disposition. Bo est dans la même position que moi, ses bottes de moto à côté de mes pieds, une bière à la main, le bras tendu sur le dos du canapé. En face de lui est assis Royce, dans le fauteuil, les jambes tendues sur le repose-pieds, en chaussettes. Il n'oserait jamais rester chaussé, même si ses chaussures valent plus que le fauteuil et le tabouret. Assise par terre, un bol de pop-corn sur les genoux, se trouve Wendy, le regard scotché sur le match à l'écran. Elle est vêtue d'un jean slim, de Converse et d'un t-shirt des Red Sox qui doit appartenir à son mec puisqu'il lui arrive au milieu des cuisses.

Pendant que les médecins s'occupaient de moi, Bo a appelé au bureau pour tenir mes collègues informés de la situation. Royce et Wendy ont donc fermé le bureau pour la journée et ils sont venus ici.

Quelqu'un sonne à la porte, Wendy se lève d'un bond.

– Les pizzas sont là ! Je m'en occupe. Je mets ça sur le compte de la société, dit-elle en allant à la porte puis dans la cuisine avec les pizzas. Bo, tu veux bien bouger tes fesses pour m'aider à servir tes potes ?

Royce sourit jusqu'aux oreilles et boit une gorgée de whiskey.

Bo lève les yeux au ciel, mais se lève tout de même.

– Tu sais, petite chipie, que c'est à la femme de servir son homme ! Je vais devoir te faire la leçon ! gronde-t-il en allant l'aider.

Royce ignore leurs chamailleries habituelles et plonge son regard dans le mien.

– Comment tu vas, frangin ?

– Eh bien, entre la bière et les médocs, je vais plutôt bien, je réponds en étudiant ma main blessée.

Royce rit en reposant les pieds par terre et en appuyant ses coudes sur ses genoux écartés.

– Je ne parle pas de ta blessure de guerre, même si je ne suis pas ravi. Bo nous a tout expliqué. C'est pour ça qu'on est là.

– J'avais compris. J'apprécie.

– Donc, ta nana t'a trompé. Comment tu le vis ?

Je ferme les yeux en respirant à fond, essayant d'ignorer les images d'elle et Johan qui envahissent mon esprit. Heureusement, j'y parviens.

– Je ne sais pas trop ce que je ressens, mais la colère doit être le sentiment prédominant.

– Tu lui as parlé ?

– Je n'ai rien à lui dire, je réponds en secouant la tête. C'est fini.

– Frangin...

– C'est fini.

– Parker, je sais combien tu tiens à elle, combien elle tient à toi. C'était flagrant quand on l'a rencontrée au *Lucky's*. On ne tourne pas la page sur une histoire comme ça aussi facilement.

– Pourtant, c'est ce qu'elle a fait, je crache en serrant plus fort ma bouteille de bière.

– Vu ce que tu m'as avoué ressentir pour elle à San Francisco, peut-être que tu devrais lui laisser une chance de t'expliquer.

– Je ne vois pas ce qu'elle pourrait dire pour que je lui pardonne sa trahison ? Elle s'est tapé cet enfoiré le soir où je dormais seul dans son lit.

Royce lève la main.

– Attends une seconde, tu ne sais pas ce qui s'est passé dans cette chambre d'hôtel.

– Ah non ? Elle a couché avec moi le premier soir où on s'est rencontrés. Elle était avec Johan pendant presque deux ans.

– Ça ne change rien au fait qu'il lui faisait du chantage. Elle avait peur et tu n'étais pas là.

– Et ça lui donne le droit de me tromper ? je gronde, outré.

– Bien sûr que non ! s'exclame Royce. Ça veut simplement dire qu'elle était préoccupée, angoissée sans doute. Son homme n'était pas là. Peut-être qu'elle a pensé qu'avec leur passé, elle pouvait se charger elle-même de cet enfoiré. C'est bête, je l'admets, mais connaissant Skyler, c'est plus plausible que l'idée qu'elle soit allée là-bas pour coucher avec lui. Regarde en toi-même, au fond de ce cœur qui est tombé amoureux d'elle, et dis-moi... tu crois vraiment qu'elle pourrait te trahir ? Vraiment ?

– Tu crois quoi, toi ? je lui demande alors que Bo et Wendy reviennent avec la pizza.

– Je crois que tu ne peux pas te fier à ce qu'un manipulateur psychopathe te dit au téléphone, répond-il d'un ton ferme et plein de certitude.

– Ah, on parle de ce qui s'est passé avec Sky ? J'ai pris une longueur d'avance, j'ai déjà épluché ses transactions bancaires et ses relevés téléphoniques avant de venir, déclare Wendy en sortant son ordinateur portable de sa sacoche.

– Chipie, je ne suis pas certain que Parker veuille espionner sa nana, dit Bo en posant une main sur son épaule.

Je me tiens plus droit et pose mes pieds par terre. Mon cœur bat la chamade à l'idée d'en savoir plus sur Skyler.

– Si, en fait. Qu'est-ce que tu as trouvé ? je demande.

Wendy mord dans sa pizza avant de reposer sa part dans son assiette, de se lécher les doigts et de les essuyer sur sa serviette.

– Hier, dit-elle lorsqu'elle a avalé sa bouchée, elle était sur le tournage. J'ai mis une puce GPS sur son téléphone la dernière fois qu'elle est venue. Au fait, j'ai fait pareil sur les vôtres, on ne sait jamais...

– T'es sérieuse, Wendy ? Qu'est-ce que tu veux qu'il nous arrive ? s'exclame Royce en secouant la tête. Cette nana est bien trop maligne. Faites gaffe, les mecs !

Wendy l'ignore et poursuit son récit.

– Elle est rentrée chez elle et elle a passé un coup de fil vers un numéro qui s'avère être celui de Johan. Ils se sont à peine parlé deux minutes, puis elle a utilisé sa carte de crédit dans un taxi qui l'a amenée à l'hôtel St Regis. Elle y a passé la nuit, mais elle n'a pas payé de chambre.

Je grince des dents et jette ma pizza dans mon assiette. Je n'ai plus faim.

– Ça suffit... je commence à dire quand Wendy agite les mains et secoue la tête.

– Mais non, attends, c'est là que les transactions bancaires commencent.

Je fronce les sourcils et Royce s'accroupit à côté de Wendy. Le mot « bancaire » a le même effet sur mon collègue qu'un steak juteux sur un chien.

– Explique-moi, dit-il.

Le regard de Wendy s'illumine au moment où elle désigne différents points sur son écran.

– Là, et là, dit-elle. Des virements avec beaucoup de zéros. Il y en a un pour un certain Miguel Fuentes, qui se fait passer pour un homme d'affaires plein aux as, mais qui est en réalité un usurier minable. Il a l'air riche et réglo, mais la rumeur dit qu'il n'a pas d'indulgence avec les gens qui tardent à le rembourser. Ils finissent par disparaître et on ne les retrouve plus jamais.

– Attends... on n'est pas dans *Le parrain*, quand même, dit Bo en reculant dans le canapé.

– Ben, un peu, en fait. Miguel Fuentes est connu pour ses liens avec la mafia mexicaine, répond Royce. Ce qui se dit dans le milieu financier, c'est qu'il a un réseau dangereux. C'est pour ça que seuls les riches, les puissants et les bandits acceptent de conclure des deals avec lui. Ça fait des années que les flics essaient de le choper, mais ils n'ont jamais assez de preuves.

– Tu déconnes ! Et Sky le connaît ? je m'exclame.

– Seulement dans la mesure où elle lui a transféré de l'argent, beaucoup d'argent. Dix millions de dollars, pour être précise.

– Bon sang... je grogne.

Je passe ma main sur mon front en sueur. Les médocs et la bière commencent à faire effet apparemment, je me sens fatigué et j'ai du mal à réfléchir.

– Mais elle a effectué une quinzaine d'autres virements, poursuit Wendy. Pour des cartes de crédit, des prêts bancaires, des hypothèques et quelques versements vers d'autres types un peu louches.

– À quoi elle joue ? siffle Royce en se frottant le menton.

– Merde... soupire Bo.

Quant à moi, je ne dis rien. Mon cœur, mon esprit et mon corps sont épuisés.

– Mais de tous, le virement le plus étrange est le dernier qu'elle a fait.

– Qu... qu'est-che que ch'est ? je bafouille, ma langue me semble trop grosse pour ma bouche.

Mes trois amis lèvent la tête vers moi en fronçant les sourcils.

– Allez, dis, je gronde en agitant la main pour qu'elle se dépêche.

– Eh bien, d'après ses relevés...

Elle désigne quelque chose sur l'écran, et Bo et Royce écarquillent les yeux.

– Merde, c'est quoi ce bordel ? marmonne Royce.

– Quoi ? je m'exclame en clignant des yeux alors que mes paupières n'ont jamais été aussi lourdes.

– Skyler a payé pour un séjour de trois mois dans un centre de désintoxication. Le paiement est fait au nom de Johan Karr.

Putain, alors c'est certain, maintenant. Elle paie pour sa guérison pour qu'ils puissent se remettre ensemble.

Je hais ma vie.

– Sur ce, je vais... je... je... vais me coucher.

Je me lève, mais mes genoux se mettent à trembler. Je me rattrape à l'accoudoir, Bo se lève d'un bond pour me soutenir.

– Appuie-toi sur moi, frangin.

– Oh, Boogie, qui aurait cru que t'étais si mignon ? je dis en souriant et en faisant mine de vouloir l'embrasser.

Je commence à fermer les yeux, mais Bo me fait contourner le canapé pour aller vers ma chambre.

Lorsqu'on y arrive, il soulève la couette et me tourne dos au lit. Je m'y laisse tomber, puis je roule sur le côté et ramène ma main blessée contre ma poitrine.

– Repose-toi, mec. Je serai là quand tu te réveilleras.

– Rentre chhhhez t... toi. C'est cool. J'vais bieeeen, je marmonne en m'endormant déjà.

– Fais de beaux rêves, espèce d'andouille.

C'est la dernière chose que j'entends avant de sombrer dans un sommeil profond.

CHAPITRE 2

Lorsque je me réveille un peu plus tard, je trouve Bo dans la cuisine, en train de faire des pâtes. Je soutiens ma main blessée, essayant d'ignorer cette sensation terrible que quelqu'un referme constamment une portière de voiture dessus. Chaque battement de cœur et chaque respiration lancent une nouvelle vague de douleur.

Respirer. Sans elle, c'est impensable. Mais il le faut, alors, me voilà assis sur un tabouret de bar.

Bo se tourne vers moi, ouvre une bouteille d'eau et la pose devant moi.

– Il faut que tu t'hydrates avec ces médocs, mon pote, dit-il en désignant la petite bouteille.

J'en vide la moitié d'un trait et suis heureux de constater que cela a un effet bénéfique sur mon cerveau.

– J'ai chargé ton téléphone et l'ai allumé. Tu as une dizaine de messages et d'appels manqués, et tous viennent d'une même personne, dit-il en désignant mon nouveau portable branché à quelques pas de moi.

Je prends d'abord le temps de respirer et me retiens de me précipiter dessus. Quels que soient ses mensonges, ils n'auront aucun effet sur moi. Peu importe. Le mal est fait.

– Je ne suis pas sûr qu'elle puisse dire quoi que ce soit pour réparer la situation.

Bo fronce les sourcils et remue sa sauce. Elle est rouge et semble légère et crémeuse. À vrai dire, je me fiche de ce que c'est, car l'odeur de tomates et de pain à l'ail me fait saliver. J'ai à peine touché à ma part de pizza avant qu'on parle de Skyler et de ses dépenses, et j'ai aussitôt perdu mon appétit. À ce stade, je mangerais n'importe quoi.

– Frérot, tu ne crois pas que ton histoire avec Kayla influence ta vision des choses, de ce que Skyler a fait ou pas ? demande Bo.

– Honnêtement, je ne sais pas. Tout ce que je sais, c'est que je souffre. C'est comme s'il y avait un trou béant dans mes tripes qui refuse de se refermer et dont elle est responsable. Je n'ai pas le souvenir d'avoir été dans cet état avec Kayla.

– Moi si, ricane-t-il. Tu étais effondré, à l'époque, mais c'était peut-être parce que tu perdais ton ami en même temps que ta fiancée.

Mon téléphone vibre et je ne peux plus me retenir. Je suis curieux et, pour être honnête, une partie de moi-même espère qu'il y a une explication très simple.

Je débranche le fil et lis le message. Bo a mal compté, j'ai reçu quinze sms depuis ce matin, et il y a six messages sur mon répondeur. Quatre sont de Skyler, un de Sophie et un de ma mère. Je passe tout de suite aux sms, mais je ferme les yeux un instant pour me calmer avant de les lire.

De : Ma pêche
À : Parker Ellis

Bébé, décroche, s'il te plaît. Tu te trompes.

Le suivant :

Il faut que je t'explique. Tu ne comprends pas.

Puis :

Appelle-moi quand tu atterris.

Et encore :

Ce n'est pas ce que tu crois ! Je te le jure.

Puis :

Je ne te ferais pas mal comme ça. Jamais. Jamais, jamais.

Les messages se suivent et se ressemblent.

Très bien. Si tu ne veux pas répondre à mes messages, appelle-moi !

C'est insensé ! Je sais ce que tu crois, mais tu te trompes.

Bébé, s'il te plaît. Fais-moi confiance et crois-moi. Crois en nous.

Chaque message me brise un peu plus le cœur. Elle veut que je lui fasse confiance, mais comment le pourrais-je ? Elle a passé la nuit dans la chambre d'hôtel de cet enfoiré. Le monde entier le sait ou du moins le soupçonne. Elle n'a pas emmené ses gardes du corps et elle s'est mise en danger. Johan Karr n'est pas stable, il m'a suffi de lui parler quelques secondes pour le savoir.

Pourquoi prendrait-elle un tel risque ? Que pensait-elle obtenir ?

Je continue à lire ses messages.

Parker, appelle-moi. Je ne peux pas réparer la situation tant que tu ne m'appelles pas.

Pourquoi tu ignores mes appels ? Tu me fais du mal, et tu ne connais pas la vérité !

J'ai essayé d'appeler au bureau et je suis tombée sur le répondeur. Wendy ne répond pas non plus. Je t'en supplie, appelle-moi !

Je grimace en luttant contre l'envie de céder à ses demandes.

Chéri, je sais que tu es en colère. Je suis désolée. J'ai été bête. Mais je dois essayer de réparer ça toute seule.

Je passe ma main sur ma barbe et me mords la lèvre en lisant les deux derniers messages.

Parker, j'ai besoin que tu me fasses confiance. Pour qu'il y ait la moindre chance que ça marche entre nous, tu dois croire que je ne te trahirai jamais. Je ne gâcherai jamais notre histoire.

Le dernier message m'anéantit, et je mords l'intérieur de mes joues pour réprimer la tristesse qui menace de jaillir. Je suis trop viril pour laisser libre cours aux sentiments qui me mettent les larmes aux yeux. Je le relis et laisse les mots m'imprégner, imprégner mon cœur, mon sang, mon âme.

Tu es la plus belle chose qui me soit arrivée, Parker. Si tu ne crois rien, crois au moins cela. S'il te plaît, donne-moi l'occasion de t'expliquer ce qui s'est passé. Je vais te laisser du temps, quelques jours, pour penser à tout ça. Appelle-moi quand tu seras prêt à parler.

Je frotte mon visage pour délasser mes traits tirés et je pose mon téléphone. Bo éteint le feu et sert deux assiettes de fusilli recouverts d'une sauce crémeuse rouge et blanche, le tout saupoudré de persil fraîchement coupé.

– Mec, depuis quand tu sais cuisiner ?

L'idée que ce vieux célibataire sait faire à manger est si incroyable que je regarde mon assiette avec de grands yeux, comme si elle était apparue comme par magie.

– Mama Sterling me donne des cours, répond-il en souriant.

– Sans rire ?

Il sourit de plus belle et se baisse pour sortir un pain à l'ail du four.

– Sans rire. Elle m'a dit que comme je n'ai pas l'intention d'avoir de femme stable dans ma vie, et que je ne peux pas aller tous les jours chez elle pour manger un vrai repas, elle allait m'apprendre quelques classiques pour que je ne me gave pas de fast-foods.

Il ricane en posant deux grosses tranches de pain à côté des pâtes. Lorsque nous sommes tous les deux servis, il fait le tour du bar, s'assoit à côté de moi et avale une énorme bouchée.

Je goûte à mon tour et suis agréablement surpris.

– Bo, c'est super-bon ! je dis la bouche pleine.

– Je sais. Alors... ces messages ? Il y a quelque chose d'intéressant ?

– Tu cherches des potins ? je ricane.

– Bien sûr. Je veux savoir si cette fille s'est moquée de toi, de nous tous, bon sang. Parce que tu vois, celle que j'ai rencontrée, que j'ai photographiée à New York et qui s'est assise sur les genoux de mon pote au *Lucky's*, un lieu qui nous est sacré... cette fille-là... on commençait tous à s'y attacher.

– Elle a l'air triste, je réponds en secouant la tête. Elle me supplie de lui parler. Elle veut s'expliquer. Elle dit que j'ai tout faux. Mais ça ne change rien aux faits. Elle a laissé ses gardes du corps pour passer la nuit dans un hôtel avec un homme qui lui fait du chantage. Et en plus de ça, d'après l'enquête de Wendy, elle a payé toutes ses dettes et elle lui offre une cure de désintox. Qu'est-ce que je suis censé penser ?

Bo mâche pendant plusieurs secondes avant de répondre.

– Tout ce que tu dis est vrai. Toutefois, ça ne veut pas dire qu'elle a dormi dans son lit ou qu'elle a couché avec lui. Tu crois que tu peux lui pardonner tout le reste s'il s'avère qu'il ne s'est rien passé entre eux ?

Je prends cinq bonnes minutes pour réfléchir à sa question, et Bo ne me presse pas.

Est-ce que je peux lui pardonner si elle ne m'a pas trahi physiquement ?

Oui. Je pense que oui. Ça ne change pas ce qui s'est passé, et je ne connais toujours pas les détails, mais la véritable blessure, la vraie trahison, serait qu'elle m'ait trompé. Le pourquoi du comment n'a pas d'importance.

Je pose ma fourchette, m'accoude au bar pour appuyer mon menton dans ma main.

– Ouais, je pourrais lui pardonner d'être allée le voir alors qu'elle aurait dû m'attendre. Selon moi, elle aurait dû éviter cet enfoiré coûte que coûte. Quelles qu'aient été ses raisons, c'était idiot de sa part.

– Ok. Alors, qu'est-ce que tu vas faire ?

– Je ne sais pas encore, je réponds en haussant les épaules.

– Il faut que tu lui parles. C'est la seule personne qui pourra répondre aux questions que tu te poses, frangin. Tu le sais bien.

– Ouais, je suis juste... putain. Honnêtement, l'idée qu'elle est allée là-bas, qu'elle a passé la nuit avec lui, même s'il dormait sur le canapé... mec... ça me ronge.

– Je te comprends. Ça se voit, c'est écrit sur ton visage, dans le trou dans le mur, dans tes points de suture, tes os cassés. Tu souffres. Mais le seul moyen d'aller mieux, c'est de connaître la vérité. Sans ça, tu ne pourras pas avancer.

Je me frotte la tête et les pulsations dans ma main se font plus vives. Je saisis mon poignet et le serre fort pour essayer de calmer la douleur.

– T'as mal ?

– Putain, oui, je grogne.

Bo se lève, va dans le salon et revient avec une boîte de médicaments. Il l'ouvre, en sort des cachets.

– Le toubib a dit que tu pouvais en prendre deux avant d'aller au lit, mais seulement le ventre plein et avec beaucoup d'eau. Bois, mange, avale ça et retourne te coucher. Je vais dormir sur le canapé, au cas où tu aurais besoin de moi.

– Tu n'es pas obligé de faire ça, je lui dis en le frappant dans le dos. Je peux t'appeler si ça ne va pas. T'es pas loin.

– Je préfère être là au cas où tu ferais une mauvaise réaction, ou ce genre de chose, répond-il en secouant la tête.

Je reprends ma fourchette et remue les pâtes dans mon assiette avant d'en avaler une bouchée.

– Ok, comme tu voudras.

– Alors, c'est décidé.

Je vide mon verre et je lève la tête vers Bo, qui éponge sa sauce avec un morceau de pain à l'ail.

– Merci, je marmonne. Je ferais pareil si les rôles étaient inversés. Tu le sais, n'est-ce pas ?

Il hoche la tête, mais ne répond rien. C'est ainsi qu'on fonctionne. Entre frères, on se soutient. On s'épaule quand ça ne va pas.

Si seulement les relations amoureuses étaient aussi faciles. J'ai l'impression de traverser un champ de mines, je ne sais ni quand m'arrêter ni quand avancer. La seule chose dont je suis certain, c'est que j'ai envie de fuir. J'ai envie de recommencer le travail dès que possible et de prendre mes distances avec tout ce scandale Johan/Skyler. J'ai besoin de recul.

– À propos de la mission à Montréal, je vais aller au bureau demain. Je vais demander à la P.-D.G. de venir nous expliquer la situation ici, en secret. Je me dis que c'est peut-être une mission pour toute l'équipe d'IG, t'en dis quoi ?

– Je meurs d'envie de bouger. Le Canada est idéal, en cette saison.

Idéal et... très, très loin de mes problèmes.

♦ ♦ ♦

Lorsque Wendy fait entrer Alexis Stanton dans mon bureau, deux jours plus tard, elle n'est pas du tout ce à quoi je m'attendais. Elle est grande, avec un corps de rêve et des courbes somptueuses. Elle est l'incarnation même d'un mannequin *Wonderbra*. Or, d'après les infos de Wendy, c'est aussi un génie.

Je m'efforce d'ignorer la douleur dans ma main, même avec la dose maximum de médocs, et je prends le temps d'évaluer notre cliente tandis qu'elle s'assoit devant moi. Ses cheveux blonds bouclés lui arrivent aux épaules et semblent tissés de fils d'or. Contrairement aux miens, ses yeux bleus sont presque turquoise. Elle a un petit nez en trompette et des pommettes très hautes. Ses lèvres sont charnues et roses, si alléchantes qu'on a aussitôt envie d'y goûter.

Je me racle la gorge et fais de mon mieux pour ne pas baisser les yeux sur sa robe blanche ultra-moulante.

Les manches longues lui arrivent sous les poignets et c'est bien la seule chose qui soit longue. La jupe lui arrive au-dessus du genou et elle remonte lorsqu'elle s'assoit, révélant de belles cuisses musclées. Elle porte des sandales à talons couleur chair qui donnent l'impression que ses jambes sont infinies. Et sur cette femme, elles sont fatales, car elle a déjà des jambes de trois mètres de long.

Je me masse les tempes et recule dans mon fauteuil, puis j'ajuste ma cravate d'une main maladroite ; en plus du bandage, mes deux doigts cassés sont strappés ensemble.

– Monsieur Ellis, merci de me recevoir. Je suis contente que vous soyez rentré plus tôt. La situation dans mon entreprise devient grave. Il n'y a pas une seconde à perdre.

– Et si vous commenciez par m'expliquer le problème ? Royce me dit que vous pensez que quelqu'un vole vos secrets de fabrication pour les revendre à vos concurrents. C'est exact ?

– Oui, mais c'est plus compliqué que ça, répond-elle en hochant la tête.

– Comment ça ? je demande en croisant les bras sur mon bureau.

– Non seulement les trois derniers produits ont été volés et commercialisés par mon concurrent deux à trois semaines avant nos dates de sortie... mais quelqu'un s'amuse en plus à saboter nos processus.

– De quelle façon ?

– Nos logiciels sont infectés par des virus, des dossiers sont perdus ou supprimés, comme par magie. C'est comme s'il y avait un fantôme dans le système.

– J'ai déjà entendu cette expression, je réponds en creusant dans mes souvenirs d'Harvard. Il s'agit d'intelligence artificielle ? De bugs informatiques qui entraînent des erreurs de codage, c'est ça ?

Elle hoche la tête et mord sa lèvre inférieure.

– Je ne suis pas certaine que vous puissiez m'aider avec cette menace-là. J'ai des développeurs hors du commun, et c'est mon frère et moi qui avons écrit le code originel. Ce dont j'ai vraiment besoin, c'est de savoir qui divulgue nos secrets de fabrication. J'ai passé des heures à enquêter et je n'ai pas avancé.

– L'explication la plus simple serait que les deux problèmes soient provoqués par la même personne, non ?

Elle soupire et se cambre pour se détendre, ce qui a pour effet de faire gonfler sa poitrine et de la faire avancer vers moi, comme une offrande. Elle recule dans son fauteuil et recroise les jambes, bon sang, j'ai l'impression d'entendre le tissu de sa robe remonter le long de ses cuisses. J'en ai l'eau à la bouche et je me réprimande aussitôt. Ça ne fait que trois jours que j'ai rompu avec Skyler, rompu étant un bien grand mot puisque, techniquement, elle attend toujours que je la rappelle.

J'étudie la femme assise devant moi, et ma queue se réveille d'une nuit de trois jours. Je me lèche les lèvres et me concentre sur son visage. Je suis tenté de la mater une nouvelle fois, mais je sais que c'est mal. Je n'ai pas l'intention de draguer une autre femme que Skyler.

J'ai beau avoir dit à Nate que c'était fini, il faut que je le lui dise en personne. C'est la seule chose juste et honnête à faire. Je ne peux pas demander à Skyler d'être sincère avec moi si je ne le suis pas avec elle. Le problème, c'est que je ne suis pas encore prêt à le faire, à lui dire au revoir. À la laisser partir. À tourner la page sur tout ce que nous avons vécu.

Mon ventre se noue et ma gorge se serre. Je soupire longuement, mais Alexis n'y prête guère attention et continue de me parler.

– Je suppose que ce serait logique, mais j'ai du mal à croire qu'un de mes développeurs puisse faire ça, me trahir d'une façon aussi flagrante.

– Eh bien, je peux vous dire d'expérience que les gens sont rarement ce qu'ils prétendent être.

Et c'est aussi vrai aujourd'hui que ça l'était lorsque Kayla m'a brisé le cœur, c'est seulement plus douloureux à cause de l'intensité de la connexion que je pensais avoir avec Skyler. J'ai été bête de croire que ça pourrait être différent. Quel idiot, bon sang !

– C'est une façon très sombre de voir le monde dans lequel nous vivons, Monsieur Ellis, dit Alexis en fronçant les sourcils.

Je penche la tête sur le côté tandis qu'elle me transperce du regard, comme si elle cherchait à lire en moi.

– Disons simplement que j'ai été déçu par un proche, récemment.

– Un proche ou une femme à qui vous teniez ?

– Ça change quelque chose ?

– Non, je suppose que non. Mais sachez que j'ai été loin dans mon enquête. Chaque employé a été soumis à un détecteur de mensonges, et ils l'ont tous réussi haut la main. Je ne sais plus quoi faire, c'est pour ça que je vous ai appelés.

Je suis tenté de m'appuyer sur les accoudoirs pour joindre mes index sous mon menton. C'est un geste que j'ai toujours fait sans m'en rendre compte, mais qui m'est désormais interdit à cause de mon bandage et de mon strap. Je grince des dents en me rappelant pourquoi ma main est dans un tel état. La femme que j'aimais m'a trahi et j'ai perdu le contrôle. Plus jamais. Je ne laisserai plus jamais mes sentiments contrôler mes décisions.

– Vous pensez pouvoir m'aider ? demande Alexis avec une petite moue sensuelle.

– Oui, je crois que oui, même s'il me faudra toute mon équipe.

– Pourquoi ça ?

– Si vous avez enquêté sur vos employés et que vous n'avez rien trouvé, le coupable doit être doué. N'importe qui, dans n'importe quel département, pourrait divulguer vos secrets commerciaux, mais seule une poignée de gens peuvent également lâcher des virus. Cela dit, peut-être a-t-on affaire à une équipe.

Elle grimace et se passe la main dans les cheveux. J'adorais passer la mienne dans ceux de Skyler. Ils étaient toujours doux comme du cachemire. L'espace d'une seconde, je me demande si les cheveux d'Alexis sont aussi soyeux que ceux de Skyler, puis je me fustige d'avoir pensé à elle.

Concentre-toi sur le travail, Park. Pas sur cette femme.

– Qu'avez-vous en tête ? demande Alexis.

– Mon assistante est la meilleure informaticienne que je connaisse. Elle se fera passer pour une nouvelle recrue dans votre équipe de développeurs, Royce pour un auditeur financier et Bo jouera un nouveau client très insistant qui veut une nouvelle application, peut-être quelque chose en lien avec la photographie. Vous pensez que c'est possible ?

– Bien sûr. On peut créer des tonnes d'applications pour des filtres, des éclairages, des montages instantanés, etc. Et vous ? Quel rôle jouerez-vous, Monsieur Ellis ? ronronne-t-elle d'une voix sensuelle.

J'ignore son ton séducteur. Il fut un temps où je me serais jeté sur cette femme. Or, avec tout ce qui m'arrive, je ne sais pas bien comment réagir face à ses signaux à la fois professionnels et séducteurs. Je ne suis pas à l'aise et je ne sais pas quoi faire.

Je respire un bon coup et me concentre sur la mission. C'est le travail qui compte, pour l'instant, pas les regards sulfureux que me lance la cliente.

– Je me ferai passer pour un consultant qui analyse la productivité des process. Il faudra que je m'entretienne avec chacun de vos employés pour leur demander ce qu'ils font, ce qu'ils pensent de leur travail, etc. Je suis doué pour lire le langage corporel des gens et leurs micro-expressions. Je sais toujours quand quelqu'un me ment. Et puis, le coupable commettra peut-être une erreur en stressant de voir un auditeur et un consultant arriver en même temps.

– D'accord, alors par quoi commence-t-on ?

Elle se penche et le tissu de sa robe semble se tendre encore plus sur sa poitrine.

Ne regarde pas ses seins, Parker. Ne regarde pas ses seins ! Pas cool, mec. Vraiment pas cool.

Cela dit, elle ne mettrait sans doute pas ce genre de robe si elle ne s'attendait pas à se faire mater. À mon avis, à voir à quel point elle semble à l'aise, elle aime attirer l'attention. Peut-être même a-t-elle besoin de ça.

Toutefois, je ne devrais pas la reluquer, même si j'ai l'intention de rompre avec Skyler. Pour l'instant, rien n'est officiel.

Mon estomac se noue de nouveau, mais je me force à respirer et me concentre sur le travail.

– Tout d'abord, je suggère que Wendy commence dès que possible, demain.

Elle écarquille les yeux mais comme elle ne dit rien, je poursuis.

– Vous la présenterez tout de suite à votre équipe, afin que personne ne doute de sa sincérité, et elle pourra aussitôt commencer à fouiner dans votre back-end.

– D'accord.

– Ensuite, Bo arrivera, et vous le laisserez expliquer ce qu'il veut à vos développeurs. Il insistera pour être présent lors du processus de création, et vous lui donnerez un bureau d'où il pourra travailler.

– Ça ne devrait pas poser problème.

– Je crois que Wendy a déjà enquêté sur vos employés. Combien sont-ils ?

– Vingt-deux, sans me compter.

Je prends mon téléphone et appuie sur le bouton pour appeler Wendy.

– Je t'écoute, boss, chantonne-t-elle.

– Est-ce que Royce t'a demandé de préparer un dossier sur Stanton Cybertech pendant qu'on était à San Francisco ? je demande en regardant par la fenêtre pour éviter de reluquer ma cliente.

– Oui, chef. J'ai les dossiers sur les vingt-deux employés, et un autre sur Alexis Stanton. Je me suis dit que s'il se passait quelque chose de louche dans sa boîte, tu voudrais toutes les infos possibles.

– Parfait, je réponds en souriant jusqu'aux oreilles. Il va aussi falloir que tu réserves des billets et des chambres d'hôtel pour nous quatre.

– Quatre ? demande-t-elle d'une voix tout excitée.

– Oui, ma p'tite dame. Demain matin, tu incarneras la toute nouvelle recrue de Stanton Cybertech. Il faut qu'on agisse vite.

– Waouh, c'est trop cool, boss ! J'ai hâte de le dire à Sir Mick ! Ma première mission secrète. C'est génial ! s'exclame-t-elle.

– Je suis ravi que tu le penses. On en reparlera quand j'aurai fini avec Madame Stanton, mais apporte-moi les dossiers, s'il te plaît.

– Tout de suite !

Je me tourne vers Alexis, qui est en train de me reluquer. Quand je dis reluquer, je veux dire à la manière d'un tigre qui regarde un steak cru. Elle se lèche les lèvres et agite ses seins en remuant dans son fauteuil. Je me pince la cuisse pour ne pas mordre à l'hameçon et éviter de dire quoi que ce soit de déplacé.

– Bien. C'est réglé. Maintenant, dites-m'en plus sur les produits qui vous ont été volés.

CHAPITRE 3

Les bureaux d'Alexis Stanton n'ont rien à voir avec les nôtres. Là où ceux d'*IG* sont minimalistes et aérés, ceux de *Stanton Cybertech* sont très décorés et… douillets. Le bureau d'Alexis ressemble davantage à un lieu de vie que de travail. Si le siège de l'entreprise n'était pas dans un entrepôt en banlieue de Montréal, j'aurais facilement pu croire que j'étais chez elle. C'est surprenant et un peu bizarre. Je me lève et fais le tour de la pièce tandis que Royce attend patiemment dans un des fauteuils placés devant la cheminée. Oui, une cheminée, devant laquelle on trouve un canapé, des fauteuils et une table basse.

Je regarde Royce, il sourit d'un air qui me dit qu'il a la même impression que moi.

– C'est bizarre, non ? je demande en haussant les épaules.

Je me tourne vers l'énorme écran plat qui est accroché au mur, encadré par une bibliothèque où sont disposés des livres, des cadres et quelques bibelots. Face à l'écran, il y a un bureau en bois ancien, avec un ordinateur portable extra-plat, un téléphone et une lampe en verre multicolore de style ancien.

– Des goûts et des couleurs... comme dirait Maman, chuchote Royce en ajustant sa cravate.

J'avance vers la bibliothèque et étudie les photos qui s'y trouvent. Elles sont toutes d'Alexis et d'un homme bien plus jeune, un frère peut-être, étant donné leur ressemblance.

Alexis entre dans son bureau avec deux tasses de café et un grand sourire.

– Bonjour, les garçons. J'ai pensé qu'un café vous ferait plaisir.

– Merci, je dis en prenant un des mugs.

Son pouce effleure le mien comme par accident, et quand je lève la tête vers elle, je découvre un sourire coquin sur ses lèvres. Elle me lance un clin d'œil et donne l'autre tasse à Royce.

Sa tenue est similaire à celle de l'autre jour, bien que son haut noir soit plus révélateur, avec un décolleté plongeant qui paraît tout juste contenir ses seins et laisse entrevoir un millimètre de peau au-dessus de son pantalon de tailleur. Sa ceinture noire et brillante attire l'attention sur sa silhouette en huit et, cerise sur le gâteau, elle porte des escarpins rouge foncé. Ma kryptonite.

C'est terriblement sexy.

Je grince des dents et respire lentement pour laisser passer ma frustration, et Royce me regarde par-dessus sa tasse en se raclant la gorge.

– Mademoiselle Stanton...

– Appelez-moi Alexis, je vous en prie. Le ton est informel, ici. D'ailleurs, tout le monde m'appelle Lexie.

– Très bien, Lexie, que sait votre équipe, pour l'instant ?

Elle se lève pour ouvrir son ordinateur. Elle appuie sur un bouton et l'écran plat s'allume, révélant les quinze points de vue des caméras qu'elle a placées un peu partout dans l'entrepôt.

– Eh bien, comme vous pouvez le voir sur le deuxième écran, Wendy est avec Kidd, qui lui explique le fonctionnement de notre système. D'après lui, elle apprend très vite. Il m'a même dit, hier soir, qu'il trouvait étrange qu'elle veuille travailler pour nous à un poste de simple développeur alors qu'elle pourrait avoir n'importe quel job. Il va peut-être falloir lui dire qu'elle est en mission secrète.

Je souris, fier d'avoir eu le flair d'embaucher Wendy sur un coup de tête.

– Qui est Kidd ?

– Mon petit frère, répond Alexis en souriant jusqu'aux oreilles.

– Il s'appelle Kidd ? ricane Royce.

Le sourire de notre cliente disparaît aussitôt.

– Oui, nos parents étaient hilarants, dit-elle d'une voix pleine de dédain.

– Non, pardon, Mademoiselle Stanton, Lexie, se dépêche de dire Royce. Je ne pensais pas à mal. Je m'appelle Royce, ce n'est pas très courant, non plus. Le fait que ce soit votre petit frère et qu'il s'appelle Kidd[1] est ironique, c'est tout. Veuillez m'excuser, ce n'était pas très professionnel de ma part.

Elle secoue la tête et passe une main dans ses longues boucles, puis elle prend une des photos d'elle et son frère sur la bibliothèque.

– Non, c'est juste que... ce n'est pas de votre faute. Je suis très protectrice vis-à-vis de lui. Il est tout ce que j'ai et il n'a pas eu une vie facile. Nos parents le détestaient et se sentaient coincés d'avoir eu un autre bébé sur le tard alors qu'ils n'en voulaient pas. Plus tard, il a été harcelé à l'école et se faisait tabasser fréquemment. Je suis sa seule

1. En anglais, *Kid* veut dire « gamin ». (NdT, ainsi que pour les notes suivantes)

famille, et il est la mienne. Cela fait des années que nous avons renié nos parents, et maintenant, il s'en sort comme un chef et il n'a que vingt-trois ans.

– Royce ne voulait pas vous offenser, je dis en allant à ses côtés pour regarder la photo.

Alexis et son frère sont dos à dos, devant l'entrepôt, sous l'inscription *Stanton Cybertech.*

– Je sais, répond-elle en riant. Je suis désolée, Royce, il n'y a pas de mal. Vraiment.

Royce hoche la tête et met ses mains dans ses poches.

– Est-ce que vous avez informé votre équipe de notre arrivée ? je demande.

– Oui. J'ai réuni tout le monde hier pour présenter Wendy, et personne ne semble avoir été surpris. Je leur ai également dit qu'un client arrivait demain, et que vous deux arriviez ce matin. Royce, je vais vous emmener voir le DAF[2] pour commencer l'évaluation de nos finances. Parker, je vais vous installer dans une petite salle de réunion où vous pourrez passer vos entretiens.

Oubliant mes doigts cassés et mes points de suture, je frappe dans mes mains sans réfléchir et je grimace en réprimant un cri de douleur. Alexis se précipite vers moi pour prendre mes mains dans les siennes.

– Pauvre chaton, que s'est-il passé ?

Elle se penche pour embrasser le dessus de ma main, comme le ferait une mère avec un jeune enfant. Cependant, lorsqu'elle a fini, elle ne se redresse pas tout de suite, levant les yeux vers moi pour me faire un sourire ravageur.

Mon Dieu, que vais-je faire de cette femme ?

Royce agite de la monnaie dans sa poche, ce qui semble ramener notre cliente à la réalité. Elle se redresse lentement en prenant soin de mettre sa poitrine en avant. Je dois

2. Directeur administratif et financier.

faire appel à tout mon self-control pour ne pas mordre à l'hameçon. Cela dit, je peux regarder si je veux. Skyler et moi, c'est fini. Fini. En tout cas, moi je sais que c'est fini. Elle devrait le savoir, elle aussi, après m'avoir trahi, mais je ne peux rien faire avec Alexis en sachant que je n'ai pas officiellement rompu avec Skyler.

Cela dit, je ne sais pas si je serais intéressé. Pour la première fois de ma vie, je ne suis pas certain de vouloir coucher avec une blonde canon.

Ma poitrine se contracte, je déglutis.

– Êtes-vous prêts à découvrir vos lieux de travail ?

– Après vous, Alexis, je réponds en désignant la porte.

– Oh non, après vous, j'insiste, répond-elle en souriant et en nous ouvrant la porte.

Lorsque nous passons devant elle, je regarde par-dessus mon épaule et j'ai la confirmation qu'elle mate nos fesses. Je m'arrête brusquement et la vois mettre son index dans sa bouche et le sucer en passant devant moi, sans manquer d'effleurer mon torse avec sa poitrine.

– Pardon, susurre-t-elle d'un ton faussement innocent en battant rapidement des cils.

Je me mords la joue jusqu'à sentir le goût du sang. La douleur me rappelle de ne pas réagir. Il ne se passera rien avec Alexis. Hors de question que je laisse encore une relation-client déraper de cette façon. Plus jamais. J'ai déjà fait ça deux fois, et si la première m'a permis de rencontrer ma première amie fille, la seconde m'a brisé le cœur.

– Alexis, on ne sait pas où on va... je lui rappelle gentiment pour ne pas entrer dans son jeu.

– Je sais où j'aimerais aller, moi, déclare-t-elle en me matant des pieds à la tête et en se dandinant assez pour faire rebondir ses seins.

– Mon Dieu, je m'exclame à voix basse en détournant le regard.

Royce hausse les sourcils et se couvre la bouche avec la main.

– Je plaisante, dit-elle en riant et en nous passant devant. Venez les garçons, la visite guidée commence. Je vais vous présenter à tout le monde et leur rappeler pourquoi vous êtes ici. Royce, je vous laisserai avec le DAF, et Parker, je vous montrerai votre bureau où vous pourrez passer la semaine, dit-elle d'une voix lourde de sous-entendus.

Jésus Marie Joseph ! Je ne suis pas assez fort pour supporter l'attention d'une telle femme. Pas maintenant, pas cette semaine.

Je frappe Royce dans le dos et le pousse devant moi pour m'éloigner d'Alexis.

– Je suis ton bouclier humain, maintenant ? chuchote-t-il alors que nous emboîtons le pas à Alexis.

– C'est un problème ?

– Jamais, frangin, répond-il en plongeant ses yeux gris dans les miens. Je te servirai toujours de garde, que ce soit pour te protéger de femmes d'affaires affamées ou de belles blondes célèbres. Je serai toujours là pour toi.

Je hoche la tête et fais de mon mieux pour ne pas accorder trop d'importance à la situation.

Je ne suis pas assez fort pour assumer les conséquences d'une relation avec Alexis, et je n'en ai pas envie. Je n'ai jamais été aussi faible et, pour être honnête, je me servirais d'elle pour oublier Skyler. Après Kayla, je m'étais juré de ne plus jamais traiter une femme comme un objet sexuel. J'ai mûri. L'homme que j'étais à la fac n'est pas celui que je suis aujourd'hui. J'aimerais croire que je suis plus fort, plus mûr, et que je respecte l'esprit et le corps d'une femme autant que le mien. Une nuit avec Alexis serait agréable, le temps de jouir, mais le lendemain, je serais dans la même position qu'aujourd'hui.

Tout à coup, mon téléphone vibre dans ma poche. Je le sors et regarde le nom qui s'affiche à l'écran.

De : Ma pêche
À : Parker Ellis

Il me suffit de voir son surnom pour que mon sang s'embrase. Je contracte ma mâchoire et je me force à respirer calmement. Je suis Alexis en tenant si fort mon téléphone que je ne serais pas surpris d'y voir la marque de mes ongles lorsque nous arriverons à destination. Toutefois, je ne lis pas le message et me contente de ranger mon téléphone dans ma poche.

Alexis nous présente à un tas d'employés avant de déposer Royce chez le DAF, puis elle me guide vers un bureau d'angle qui semble loin du brouhaha. J'ai le sentiment étrange qu'elle m'emmène à la guillotine, mais je crois que ça vient plutôt du message de Skyler dans ma poche.

– Nous y voilà, dit Alexis en ouvrant la porte d'une pièce qui ressemble plus à un salon qu'à un bureau.

– Vous plaisantez ? C'est une salle de réunion ?

– Je passe tellement de temps au travail que j'ai besoin d'être à l'aise. J'aime les choses qui me détendent et qui stimulent ma muse créatrice.

– Votre muse ?

Alexis appuie sa hanche contre l'accoudoir du canapé et elle croise les bras sous son énorme poitrine. Je ne peux pas m'empêcher de la regarder, en même temps, elle est dure à ignorer.

– Mmm... hmmm. Vous savez ce qu'aime ma muse, en dehors des canapés moelleux ? demande-t-elle d'une voix suave.

Ma bouche devient sèche et je suis pris d'une bouffée de chaleur.

– Je n'en ai pas la moindre idée, je réponds d'une voix râpeuse.

Elle ricane, consciente de l'effet de son corps, de ses paroles et de ses avances. Alexis Stanton est tout ce dont rêvent les hommes. Elle a un corps de mannequin, elle s'habille comme une escort de luxe et elle parle avec la franchise d'un homme. Je ne peux pas m'empêcher de me demander si tout ça n'est qu'une façade, un masque qu'elle porte pour déstabiliser le sexe opposé.

D'après les recherches que Wendy a faites sur elle, elle est hyperintelligente et elle a évincé sa concurrence qui n'était constituée que d'hommes. Elle a été vue en public avec deux d'entre eux, mais aucun n'a admis être en couple avec elle. Peut-être est-ce pour ça que son concurrent principal a mis la main sur ses produits pour les mettre sur le marché avant elle. Peut-être s'en prend-on à elle pour des raisons personnelles, cela mérite que je me penche sur la question.

– Asseyez-vous, Monsieur Ellis, et si vous avez de la chance, je vous montrerai ce qu'aime ma muse plutôt que de vous l'expliquer, dit-elle en se caressant la taille.

Je la contourne pour m'asseoir sur le canapé, et elle tend le bras pour effleurer mon torse de haut en bas, s'arrêtant juste au-dessus de ma ceinture.

– Mademoiselle Stanton, Lexie... je m'écrie en reculant et en levant la main. Écoutez, vous êtes une très belle femme...

– Je suis ravie que vous le pensiez, répond-elle en faisant un pas en avant, m'obligeant à en faire un en arrière.

– Je ne crois pas que ce soit une bonne idée.

– Oh, mais moi si, justement, ronronne-t-elle, et son regard s'illumine. Vous voyez, je suis la patronne, et vous le patron...

– Je... je sors tout juste d'une relation, je dis bêtement en secouant la tête.

– Oh, ce doit être dur. Peut-être qu'un bisou magique vous ferait du bien, comme j'ai fait pour votre main.

Elle continue d'avancer jusqu'à ce que je sois acculé contre la table ronde.

– Alexis, comme je l'ai dit, vous êtes... jolie...

– Alors, maintenant, je ne suis que jolie ? Je crois que vous essayez de vous retenir de me toucher alors que vous en mourez d'envie. J'ai vu la façon dont vous me regardez. Vous me désirez autant que je vous désire. Je me trompe rarement sur ce genre de chose. Ensemble, nos énergies seraient... explosives !

Elle me saisit par le cou et plaque ses seins contre mon torse, mais je me force à garder mes mains le long de ma taille.

– Doux Jésus !

Ma température augmente et mon sexe durcit, et je me sens étourdi, comme si j'avais bu un verre de trop.

– Une autre fois, dans un autre contexte, vous seriez... bon sang, c'est vous qui seriez contre le mur avec votre jupe sur les hanches. Mais je ne suis pas d'humeur. Je vous l'ai dit. Je sors d'une relation qui est... euh... très récente.

– Mmm... hmmm...

Le bout de son nez effleure ma joue et son souffle chaud me chatouille. Un frisson remonte le long de mon dos et ma verge durcit davantage, me suppliant d'accepter son offre.

– Votre tête a beau chercher des excuses, votre corps a envie de moi, je le sais.

Je me lèche les lèvres et son regard descend sur ma bouche. Bon sang, elle n'en perd pas une miette. Elle se met sur la pointe des pieds et se colle à moi. Je ferme les yeux et essaie désespérément de ne pas réagir à sa proximité, à son parfum de chèvrefeuille et de melon, à sa chaleur, à ses seins rebondis qui débordent tant de son décolleté qu'il me suffirait d'incliner la tête pour promener ma langue sur leur peau chaude.

Je pousse un grognement en saisissant ses hanches et elle sourit, si près de mes lèvres que je sens le café sur son souffle.

– Est-ce que vous me dites non ? demande-t-elle.

Je suis certain que je regretterai ce moment jusqu'à la fin de mes jours. Je suis désespérément en manque d'affection et d'attention, et rien ne me ferait plus de bien que de me laisser séduire et de tout oublier dans les bras d'Alexis Stanton. Toutefois, le poignard que Skyler a planté dans ma poitrine est toujours là et m'empêche de respirer.

Je la pousse en arrière et elle lâche enfin mon cou.

– Pas maintenant, je déclare d'une voix rauque.

– Alors ce n'est pas un non ? répond-elle avec un sourire séducteur. D'après mon expérience, c'est un peut-être. Ça me va. Le jour où vous serez prêt pour une partie de jambes en l'air sans attaches... dit-elle par-dessus son épaule en se dirigeant vers la porte... je suis la femme qu'il vous faut.

Elle me lance un clin d'œil et s'en va, me laissant au milieu de la pièce, le cœur brisé, avec une érection dans le froc.

Dans quoi je me suis encore fourré ? Il faut que je lui dise de lâcher l'affaire.

Ça a été trop loin.

Pourquoi je n'ai pas été plus ferme ?

Parce que je suis faible. Je souffre. Pire encore, je ne sais pas comment remédier au vide qui m'envahit. L'ancien moi aurait couché Alexis sur cette table dix secondes à peine après avoir passé la porte. Or, je suis encore amoureux de mon ex et je suis anéanti de ne plus l'avoir dans ma vie. Je m'adosse à la porte, apathique, lorsque je me souviens qu'elle m'a écrit il y a une heure. Je sors mon téléphone pour lire son message.

Tu me manques. Sans toi... je ne suis plus moi. Je t'attends. Je crois que je t'attendrai toute ma vie.

– Putain !

L'envie de jeter mon téléphone est aussi forte que la dernière fois, lorsque j'ai explosé l'autre dans sa cuisine.

La tension s'accumule dans mes épaules et je me mets à faire les cent pas.

Elle m'a trahi. Moi ! Ce n'est pas moi qui l'ai trompée.

Est-ce qu'elle m'a trompé ?

Les questions sont nombreuses et chacune chasse la précédente, si vite que j'en ai le vertige.

Il faut que je l'affronte. Je dois lui parler, comme l'ont suggéré mes amis. Kayla avait essayé, elle m'avait raconté n'importe quoi pour me récupérer. Greg en avait fait de même. La femme que j'aimais et l'homme en qui j'avais confiance m'avaient trahi et avaient tout fait pour arranger la situation, pour me faire oublier leurs torts avec leurs excuses et leurs raisonnements.

Eh bien, je ne me laisserai pas faire avec Skyler.

Elle m'a trahi !

Fou de rage, j'ouvre l'application des messages.

À : Ma pêche
De : Parker Ellis

Arrête de m'écrire. C'est fini. Tu m'as trompé. Notre histoire s'arrête là.

Je lis et relis mon message, et le poignard semble s'enfoncer un peu plus dans mon cœur. J'ai soudain trop de salive dans la bouche et je suis de nouveau sur le point de vomir. Je respire lentement et m'efforce de reprendre le contrôle de ma colère.

Ça y est. Tu lui dis au revoir. Il te suffit d'appuyer sur « envoyer ». Tu peux le faire. Il est temps. Tourne la page. Laisse-la partir.

Je rassemble mes dernières forces et j'appuie sur « Envoyer ».

Mon regard se voile et j'essuie mes yeux du revers de ma main.

Je l'aime, mais elle n'a jamais été à moi.

Mon téléphone vibre et je suis encore plus tenté de le jeter contre le mur.

De : Ma pêche
À : Parker Ellis

Notre histoire ne finira jamais. Je ne t'ai pas trompé. Je vois que tu as encore besoin de temps.

Elle ne m'a pas trompé.

Trompé.

Trompé.

Le mot remplit mon esprit jusqu'à ce que je ne pense plus qu'à ça.

– Espèce de menteuse ! je hurle en jetant si fort mon téléphone contre le mur qu'il se brise en minuscules morceaux, rouges comme la coque que j'ai achetée à l'aéroport et qui n'a rien pu faire contre ma colère.

– Tu n'es qu'une menteuse, je dis en piétinant ce qui reste de l'appareil. Comme Kayla ! Comme Greg ! Comme toutes les femmes de la terre !

Je me laisse tomber sur le fauteuil moelleux et appuie ma tête dans ma main.

– C'est forcément un mensonge, je dis en secouant la tête.

Elle essaie de sauver la face, mais pourquoi ? Pourquoi s'accroche-t-elle ainsi ? Pourquoi se bat-elle ? Skyler est une beauté rare. Elle est aussi parfaite dans la vie réelle qu'elle l'est à l'écran. Avec elle, il n'y a pas de mauvaise surprise.

– Quelles sont ses motivations ? je siffle en me levant pour refaire les cent pas.

Kayla avait besoin qu'on s'occupe d'elle. J'étais sa poule aux œufs d'or. Sa famille était riche, mais son père voulait qu'elle se marie pour qu'elle devienne le problème de quelqu'un d'autre. Et moi, j'étais prêt à signer, sauf que moi, c'était l'amour qui m'intéressait. Celui d'une femme qui me soutiendrait dans toutes les épreuves, qui fonderait une famille avec moi et m'aiderait à bâtir tout ce dont nous rêvions.

Kayla n'était intéressée que par l'argent et le style de vie auquel elle était habituée. Peu importait l'homme avec qui elle était, c'est pour ça qu'elle se tapait Greg en même temps que moi. C'est aussi pourquoi elle s'est battue pour moi plutôt que pour lui. Roy et Bo m'ont soutenu dans ma décision de le virer du projet d'*IG*, l'obligeant à trouver du travail dans une entreprise et à recommencer au bas de l'échelle. Il lui faudrait plusieurs années avant d'avoir un bon salaire et Kayla était loin d'être bête. Royce gérait nos investissements et nous étions déjà sur le point de devenir millionnaires. Kayla voulait sa part du gâteau et elle a tenté sa chance, mais elle a perdu.

Je suppose qu'en fin de compte, j'en suis sorti gagnant car j'ai évité de m'attacher à une chercheuse d'or. Bien évidemment, à l'époque, ce n'est pas ainsi que je voyais la situation.

Toutefois, Skyler est cent fois plus riche que moi. Que veut-elle ? Pourquoi se bat-elle autant pour sauver notre relation ?

Ma colère ne m'aide pas à trouver les réponses et je mets une demi-heure avant d'être capable d'accueillir la première personne à interviewer.

Il est temps de me noyer dans le travail, d'oublier toute ma peine et ma colère et de me concentrer sur le travail.

Concentre-toi sur le travail.

Concentre-toi sur le travail.

Je répète ce mantra plusieurs fois dans ma tête avant de rencontrer la secrétaire d'Alexis. Je découvre une toute petite femme qui ressemble à une bibliothécaire, ou à quelqu'un qui préfère se perdre dans les livres plutôt qu'affronter la réalité. Il me suffit de regarder Molly pour savoir qu'elle a peur de perdre son travail. Ce premier entretien va être rapide.

Molly n'est pas notre agent double.

CHAPITRE 4

Les griffes du sommeil se referment sur moi et je commence à voir flou. Cette pièce est trop confortable. Les fauteuils autour de la table ronde sont en cuir moelleux et si mou que je m'y enfonce. Pire encore, ils sont à bascule. Ce doit être idéal pour baiser ou faire une sieste, mais on ne peut pas dire que ça aide à être productif.

De l'autre côté de la pièce, il y a une télé et un canapé. Je suis surpris qu'il n'y ait pas de cheminée, on se croirait dans un salon. Les murs sont beige clair avec de jolis tableaux. Alexis a transformé un entrepôt en maison, et chacun de ses vingt-deux employés a son bureau tel qu'il le souhaite. Rentre chez toi, Google, c'est à *Stanton Cybertech* qu'il fait bon travailler.

Je cligne plusieurs fois des yeux et je me lève pour éviter de m'endormir. Je vois alors un chat roux qui marche le long d'une poutre, devant mon bureau. Il me regarde quelques secondes. Comment une femme qui travaille autant qu'Alexis a-t-elle le temps de s'occuper d'un chat ? J'arrive tout juste à m'occuper de moi-même, et encore moins d'un animal. Je ne suis pas assez à la maison, même les plantes qu'on m'offre finissent à la poubelle quelques semaines plus tard.

Le chat saute par terre et entre dans le bureau comme s'il était chez lui. Il bondit sur l'accoudoir du canapé puis il marche vers moi le long du dossier. Il s'arrête à une trentaine de centimètres, lève la tête et miaule.

– Qu'est-ce qu'il y a, mon grand ? je demande en tendant la main.

Il y frotte sa tête et je me laisse séduire. Après tout, c'est un petit être mignon et poilu qui se frotte à ma main. Je lui gratte la joue et il se met à ronronner.

– Je vois que vous avez rencontré Spartacus, dit une voix près de la porte.

– Apparemment, oui, je dis en me tournant vers le petit frère de ma cliente et en lui tendant la main.

– Kidd Stanton, dit-il en la serrant. Je suis le prochain sur la liste.

Alexis a fait en sorte que chaque employé introduise la personne suivante à la fin de son entretien.

– C'est ce que je vois. Entrez, asseyez-vous.

Je sors son dossier RH ainsi que ma tablette, qui contient les informations que Wendy a trouvées. J'ai tout lu durant le vol, donc je sais déjà ce que son dossier dit sur lui. Ma plus grande surprise a été de voir qu'Alexis a demandé la garde de son petit frère quand il avait quinze ans et que ses parents ont accepté sans contester.

Kidd s'assoit en face de moi, l'air parfaitement détendu, sans doute parce qu'il sait que sa sœur ne le virerait jamais.

– Qu'est-ce que vous voulez savoir ? demande-t-il en me devançant.

– Vous pourriez commencer par me dire ce que vous faites dans l'entreprise.

– Je dirige l'équipe de développeurs et d'analystes. Sous le regard affûté d'Alexis, bien évidemment, ajoute-t-il en riant.

– Bien sûr, je réponds en souriant, m'assurant que la conversation reste détendue.

– Je fais du code depuis que j'ai quinze ans, donc ça fait à peu près huit ans, comme vous pourrez le voir dans mon dossier, explique-t-il en hochant la tête en direction des documents que je tiens. Lex m'a embauché dès que je suis sorti de l'école. Je n'avais pas les notes pour aller à la fac, et je n'avais aucune envie d'y aller de toute façon.

– Alors, vous avez accepté le poste.

– Vous voulez dire que je me suis jeté dessus comme un ours sur un pot de miel ! répond-il en riant.

Il sourit beaucoup. Il semble bien dans sa peau et de nature joyeuse. Il ressemble à sa sœur, avec ses yeux bleus et ses cheveux blonds, même si les siens sont plus cendrés que dorés. Il a une barbe de trois jours, un anneau dans l'oreille gauche et plusieurs tatouages sur les avant-bras, un lion d'un côté et une épée de l'autre. Je vois un cœur rouge à l'intérieur de son bras gauche, avec les lettres LEX en majuscule.

– Jolis tatouages.

– Ouais, j'en suis plutôt fier, dit-il en remontant les manches de sa chemise. Je les ai dessinés moi-même, on peut dire que c'est un hobby.

Je regarde plus près et je vois des cicatrices horizontales au niveau de son coude. Je ne dis rien, car ce serait inapproprié, et puis, chacun a le droit d'avoir des secrets. Les blessures sont suffisamment vieilles pour que l'encre qui les couvre se soit estompée. Il a dû faire ça quand il était ado, avant d'être en âge de se faire tatouer.

– Lex ? je demande en désignant le cœur rouge.

Jusqu'à maintenant, son sourire était joyeux et confiant. Maintenant, il est éblouissant.

– Ma sœur. Alexis. La patronne.

– Vous vous êtes fait tatouer le nom de votre sœur ?

Il hoche la tête, toujours aussi ravi.

– Bien sûr ! Je sais que ça peut paraître bizarre, mais ma sœur est tout pour moi. Sans elle, je ne serais pas celui que je suis aujourd'hui, je ne serais pas moi-même. Je serais sans doute en taule ou mort après une baston.

Sans elle, je ne serais pas moi-même.

Sans toi, je ne suis plus moi.

Je ferme les yeux tandis que les paroles de Skyler reviennent me hanter. Des frissons remontent le long de mon dos et je contracte ma mâchoire pour supporter la tristesse qui m'envahit soudain. Je serre si fort mon crayon qu'il se brise en deux.

– Waouh. Est-ce que ça va ? demande Kidd en fronçant les sourcils.

– Pardon, j'ai une migraine terrible. C'est sans doute le trajet en avion. Je vais très bien. Continuez, je dis en attrapant la bouteille d'eau que l'on m'a apportée tout à l'heure.

– Ouais, je parlais de ma sœur. Elle est à la fois ma mère et ma meilleure amie. On est aussi proches que peuvent l'être deux frangins. Je me suis fait tatouer ça pour elle quand j'avais dix-huit ans. Vous voyez, si je rapproche mon bras de mon torse, il touche mon cœur et c'est là que sera toujours Alexis. Dans mon cœur.

– C'est beau, je dis, toujours perturbé que sa remarque ait autant ressemblé au message de Skyler.

Kidd recule dans son fauteuil et se met à se balancer, parfaitement détendu.

– Je trouve aussi, dit-il. Bref, pourquoi vous êtes ici ? On n'a pas de problèmes d'argent ni de productivité. Lex m'en aurait parlé, on a peu de secrets l'un pour l'autre.

Je décide soudain de lui dire la vérité, du moins, en partie. Je ne détecte chez lui ni peur ni mauvaise intention. Soit il est parfaitement innocent, soit c'est un très bon menteur qui se sert de sa relation avec sa sœur pour lui jouer un sale tour.

– Alors, vous savez que vos trois derniers produits ont fuité et qu'un concurrent les a mis sur le marché avant *Stanton Cybertech*.

– Ouais, quelle bande de nuls ! répond-il en fronçant les sourcils.

– Quoi qu'il en soit, on a besoin de voir ce qu'il se passe au niveau de la production. Peut-être que quelqu'un travaille en open source sans s'en rendre compte.

– Ou peut-être qu'on a une taupe ? propose-t-il.

Tiens, c'est intéressant qu'il pense tout de suite à ça.

– Qu'est-ce qui vous fait dire ça ?

– Eh bien, commence-t-il en grimaçant, c'est Lex et moi qui nous occupons de la sécurité. On est les seuls à connaître le back-end dans son intégralité, parce que c'est nous qui l'avons créé, au tout début. Le reste de l'équipe se contente de créer de nouveaux codes et de nouveaux programmes à l'intérieur du cadre originel, mais ils ne pourraient jamais passer mon pare-feu.

– Et s'il y avait une taupe, est-ce que vous avez une idée de qui ça pourrait être ? Des nouveaux employés ? Est-ce que vous savez quelque chose qui pourrait nous aider à comprendre comment votre sœur et votre héritage...

J'attends de voir comment il réagit, mais il hoche simplement la tête en regardant au loin.

–... vous est volé.

– Il y a une nouvelle nana, dit-il en secouant la tête, Wendy Pritchard, mais elle vient tout juste d'être embauchée. Je n'ai aucune raison de la soupçonner. En fait, on a très peu de turnover. En dehors de Wendy, ça doit faire deux ans qu'on n'a pas eu de nouvelle recrue.

Wendy Pritchard.

Alors, comme ça, ma petite souris a utilisé le nom de son fiancé, je parie qu'elle a adoré se présenter. Elle a dû s'inventer une toute nouvelle vie.

– Eh bien, je dis en me levant, si vous pensez à quoi que ce soit, je serai là toute la semaine pour évaluer les process, les flux de travail et la productivité de tous les employés, en espérant trouver comment l'information est transmise aux concurrents. Je crois pouvoir dire que vous ne craignez rien, je dis en souriant.

Il me tend la main et frappe mon bras en souriant.

– Si vous cherchez quelqu'un avec qui boire un verre après le travail ou visiter Montréal, je suis votre homme. Je connais un super-bar, *Brutopia*. Ils ont de super-bières, de la bonne bouffe et des groupes live, si c'est votre truc. Ma nana et moi serions ravis de vous accompagner.

– Votre nana ?

– Ouais, ma fiancée. Je viens de la demander en mariage il y a quelques mois. C'est la meilleure décision que j'ai prise de toute ma vie. Elle adore ma sœur et elle l'admire autant que moi. Elles sont comme deux adolescentes quand elles sont ensemble. J'ai hâte. On va se marier dans le vieux Québec, l'été prochain, aux beaux jours.

– Waouh. Le mariage !

Le mariage. Il a déjà trouvé la femme avec qui il veut passer sa vie. Moi, j'ai trente ans et je viens de perdre l'amour de ma vie.

– Vous avez quel âge, déjà ? je demande d'une voix rauque.

– Vingt-trois ans. C'est assez âgé pour avoir conscience de la chance que j'ai et pour ne pas la gâcher, mais assez jeune pour foncer tête baissée. On s'en fiche, on est des âmes sœurs.

Des âmes sœurs.

Je pensais que Skyler était la mienne.

– Et vous, vous avez quelqu'un ? Oh, je suis sûr que oui, un bel homme comme vous, ajoute-t-il en souriant.

– Eh bien, en fait... je commence en secouant la tête. On est en froid.

Il avance vers moi et empoigne de nouveau mon bras, comme pour me montrer qu'il compatit.

– Ça craint. Vous vous en sortirez. Si c'est la bonne, ça s'arrangera.

Je devrais mettre fin à la conversation et revenir sur un terrain professionnel, mais quelque chose en moi me hurle de continuer.

– Qu'est-ce qui vous fait penser que cette femme est votre âme sœur ?

– Eh bien, j'ai été amoureux d'une fille par le passé, mais j'ai dû rompre avec elle pour me concentrer sur le travail. J'étais un petit morveux et je ne faisais pas attention aux responsabilités que me confiait Lex. Mon travail en pâtissait, ma vie était sens dessus dessous, et je n'aimais pas la direction que je prenais. J'ai passé quelques années à me concentrer sur le travail, puis j'ai rencontré Victoria. Elle rend ma vie meilleure, sans rien y ôter.

– C'est ça. Elle améliore votre quotidien. Contrairement à la première femme avec qui vous étiez ?

– Non, répond-il en secouant rapidement la tête. C'est plutôt qu'Éloïse, mon ex, voulait tout mon temps et toute mon attention.

Je hoche la tête, suspendu à ses paroles comme si elles étaient les dernières que j'allais entendre, et je ne sais pas pourquoi.

– Or Victoria s'insère parfaitement dans ma vie, vous voyez ? C'est comme la dernière pièce du puzzle. Elle me complète. Quand je suis déprimé, elle me remonte le moral. Quand je ne suis pas avec elle, je sens son absence ici, dans mes tripes, dit-il en désignant son ventre.

Mais je sais qu'elle pense à moi et moi à elle. Et puis, quand on est ensemble, c'est explosif.

Je me masse la nuque, essayant de me débarrasser de la tension qui s'y est accumulée depuis que je suis parti de San Francisco.

– Surtout, poursuit Kidd en allant à la porte, je ne peux pas imaginer vivre sans Vic. Elle est essentielle à celui que je suis aujourd'hui. Grâce à elle, j'aime qui je suis.

– Eh bien... accrochez-vous à elle et ne la lâchez pas. Je suis bien placé pour savoir qu'un amour comme ça est rare.

Quasi inexistant, en fait, mais je ne le lui dis pas, il n'a pas besoin que je gâche son bonheur.

– Je sais. C'est pour ça que je veux qu'elle soit officiellement à moi, dit-il en jouant des sourcils.

Je ris, et il tapote le cadre de la porte, comme sa sœur l'a fait tout à l'heure avant de partir. Je regarde le chat qui dort sur le dossier du canapé.

– Qu'est-ce que t'en penses, Spartacus ? C'est des conneries, les âmes sœurs ?

Le chat ouvre un œil qu'il dirige droit sur moi, puis il le referme.

– Ouais, c'est bien ce que je pensais. Des conneries. Mais je lui souhaite bonne chance. Ça a l'air d'être un bon gars.

♦ ♦ ♦

Je viens juste de m'asseoir sur le lit et de me laisser tomber sur le dos lorsque la porte adjacente de ma chambre s'ouvre et que Wendy entre.

– C'est quoi ce bordel ? Deux téléphones en moins d'une semaine ? s'exclame-t-elle d'une voix aiguë qui m'agace.

– Je l'ai fait tomber, d'accord ?

– Mais bien sûr ! Si c'était le cas, il marcherait encore, boss. Il ne serait pas brisé en mille morceaux. Tu as de la chance que je sois entrée pour récupérer ta carte SIM. Mais tu as surtout de la chance que j'aie toujours un téléphone de secours dans mon sac.

– Ah bon ? je demande en m'asseyant.

– Ouaip, répond-elle en souriant et en me tendant un nouveau téléphone enveloppé dans une sorte de coque en caoutchouc.

Je promène mon doigt sur la surface rugueuse.

– C'est quoi ce truc ?

– C'est une OtterBox. C'est la plus solide, elle est faite pour les maçons et les ouvriers qui font souvent tomber leur téléphone. Je me suis dit que si leur téléphone survivait à une chute du deuxième étage, le tien devrait survivre la prochaine fois que tu le balanceras contre un mur. Ta mère m'a dit que tu étais un super-joueur de base-ball, mais sans rire, Parker, c'est ton troisième téléphone. Calme-toi un peu, tu veux ? Tu vas coûter une fortune à la boîte.

Je souffle bruyamment, mais elle me regarde en clignant des yeux, l'air ennuyé.

– Je ne m'en servirai pas comme ça. Enlève-moi cette connerie, il ne rentrera jamais dans la poche de mon pantalon.

Elle soupire longuement en prenant le téléphone.

– Très bien.

Elle sort alors une coque lisse et métallisée de sa poche arrière, comme si elle avait anticipé mon refus. Je la regarde enlever la coque pour enfant et mettre l'autre, bien plus sexy.

– J'y ai déjà téléchargé tous tes contacts, tes messages, tes mails, etc.

– Tu connais mon mot de passe pour le cloud ?

– Chéri, dit-elle en ricanant, je connais le code PIN de ta carte de crédit. Je parie que je pourrais ouvrir le casier de ta salle de sport plus vite que toi. Ne sous-estime pas ce dont je suis capable. Tu m'as foutu la trouille quand ton signal GPS a disparu tout à l'heure. J'ai dû passer devant ton bureau l'air de rien, comme si je cherchais les toilettes, juste pour m'assurer que tu étais bien dans ta salle de réunion.

– Wendy, sans rire, il faut que tu arrêtes de te faire du souci pour nous, je lui dis en me sentant coupable.

Elle rougit et me scrute du regard.

– Chaque fois que tu piques une crise de colère, tu fais quelque chose d'idiot. Tu détruis ton téléphone ou tu passes ton poing à travers le mur. Ce sera quoi, la prochaine fois ? Tu sauteras d'un pont ? Les gens qui t'aiment s'inquiètent pour toi. Je suis peut-être ton assistante, mais je suis aussi ton amie, et je t'aime comme un membre de ma famille. Ton comportement est dangereux et destructeur, Parker.

– Je suis désolé. Ça ne se reproduira plus, je dis sans en être certain.

– Il ne suffit pas d'être désolé, Parker. On s'inquiète pour toi, tous les trois. À tel point, d'ailleurs, que j'ai lu les messages que Skyler t'a envoyés. Si tu veux me virer, vas-y, j'assume.

J'ai l'impression qu'elle respire vite et je réalise qu'elle doit vraiment avoir peur que je la vire. Mais, honnêtement, je m'en fiche. Mes épaules retombent et je me rallonge sur le dos pour regarder le plafond blanc. Le néant, comme ma vie sans Skyler.

– Je ne vais pas te virer.

Elle s'assoit sur le lit et plie les genoux pour y appuyer son menton. Sky s'asseyait toujours comme ça. Bon sang, pourquoi je ne peux pas juste l'oublier, l'espace d'une journée ? Ou même une demi-journée… une heure !

– Super. Ça veut dire qu'on peut parler de ce qu'elle a écrit ? demande Wendy d'un ton plein d'espoir.

– Non.

– Parker, elle dit qu'elle ne t'a pas trompé. Elle te supplie de lui parler. Bon sang, elle me supplie, moi aussi ! J'ignore ses messages, et tu sais combien ça me coûte. J'ai toujours rêvé d'avoir une grande famille et un grand groupe d'amis. D'abord j'ai rencontré Mick, et maintenant j'ai la bande d'*IG*. Et, pendant quelque temps, j'avais aussi une nouvelle meilleure amie.

Super, maintenant mon chagrin est en train de faire du mal à Wendy...

– Ce n'est pas cool de me faire culpabiliser, petite souris, je dis en me frottant les yeux.

Elle laisse tomber ses genoux sur le côté et pose une main sur mon épaule.

– Fuir ses problèmes non plus, ce n'est pas cool.

– Je ne fuis rien du tout, elle m'a trahi !

Pourquoi j'ai l'impression de devoir rappeler à tout le monde que c'est moi qui me suis fait avoir ? C'est Sky qui m'a blessé, comme Kayla. Comme toutes les femmes dont je tombe amoureux !

– Elle dit pourtant que non, répond Wendy en haussant les épaules.

– Et toi, tu la crois. Alors que lui, il m'a dit qu'ils s'étaient rabibochés. Et elle était là, elle a passé la nuit avec lui, Wendy. Personne ne peut le nier.

– Parker, je crois que tu as envie de croire qu'elle t'a trahi. Pourquoi, à ton avis ?

– Parce que c'est le cas ! je m'exclame en m'asseyant pour regarder Wendy dans les yeux. J'allais lui dire que je l'aime !

Wendy retient son souffle et tend la main pour la poser sur mon genou.

– Park...

– Non, je grogne en enlevant sa main. Je suis allé directement à New York pour être avec la femme que j'aime. Pour le lui dire en face et lui annoncer qu'on avait trouvé comment résoudre le problème avec son ex. Et qu'est-ce qui m'attendait ?

Une larme coule sur la joue pâle de Wendy.

– Un appartement vide. Un lit vide, alors que la femme que j'aime aurait dû s'y trouver. Et quand je l'ai appelée à l'aube, c'est son ex qui a décroché et je l'ai entendue derrière. Qu'est-ce que tu penserais, toi ? En tant que femme ? Quelle raison tu aurais d'être dans la chambre d'hôtel de ton ex, au petit matin, hein ? Dis-moi !

– Je ne sais pas, répond-elle alors qu'une nouvelle larme dévale sa joue. Mais je sais reconnaître une femme amoureuse. Et Skyler t'aime. On l'a tous vu, au *Lucky's*. On l'a vu dans son regard et dans le tien. Une femme amoureuse ne tromperait jamais l'homme qu'elle aime. Et Skyler est quelqu'un de bien, Parker, sinon tu ne serais jamais tombé amoureux d'elle !

Je me lève et fais les cent pas avant de me servir un double scotch.

– T'en veux un ? je demande à Wendy.

– Bien sûr. Personne ne devrait boire seul.

Je la sers et lui tends le verre, qu'elle vide d'un trait.

– Waouh !

– Un autre, s'il te plaît. Cette fois, je le boirai lentement. J'aime que ça me monte un peu à la tête, c'est tout.

Je suis surpris de rire, je ne pensais pas ça possible, mais grâce à Wendy, ça l'est.

Je lui sers un autre verre et, cette fois, on trinque.

– Ça va aller, tu sais, dit-elle d'une voix si sincère que j'ai envie de la croire.

– Tu crois ?

Je bois une gorgée et laisse l'alcool détendre mes muscles.

– Si tu prends ton courage à deux mains et que tu lui parles, oui, je le crois.

– Je ne suis pas prêt, je réponds en secouant la tête.

– D'accord. Eh bien quand tu le seras, je serai là pour toi.

Je la regarde en lui souriant tendrement pour qu'elle sache combien j'apprécie son amitié.

– C'est vrai, n'est-ce pas ? je demande en réalisant que je ne suis pas seul.

– C'est à ça que servent les sœurs, non ? Pour vous aider avec les femmes, vous dire quand vous avez choisi la mauvaise et vous rappeler à l'ordre quand vous vous comportez comme des imbéciles.

Je ris de nouveau et je comprends que je me sens déjà mieux.

– Eh, Parker ? murmure-t-elle en buvant une gorgée.

– Oui, petite souris ?

– Tu te comportes comme un imbécile.

CHAPITRE 5

— Alexis, rien dans vos finances ne laisse penser qu'on vous escroque. Par ailleurs, notre petit génie a regardé les comptes de tous vos employés, et aucun n'a de rentrée d'argent louche, dit Royce en tendant sa tablette à Alexis.

Elle la prend et consulte les documents un par un.

Cela fait deux jours que nous sommes là. Royce n'a rien trouvé en épluchant les comptes de *Stanton Cybertech*, et mes entretiens avec seize des employés nous ont laissés bredouilles.

Alexis gonfle ses poumons et expire longuement. Elle est sublime, aujourd'hui. Ses cheveux dorés sont attachés dans un chignon fouillis, et sa bouche cerise est assortie à sa combinaison. Elle porte les mêmes sandales beiges à talons qu'elle avait quand on l'a rencontrée à Boston. Je me lèche les lèvres en remarquant que ses orteils sont peints de la même couleur que sa bouche. Cette femme est une bombe sexuelle.

Je viens à peine de formuler cette pensée lorsqu'elle met sa main sur ma cuisse et se penche en avant.

– Qu'en pensez-vous, Parker ?

Je me racle la gorge et enlève sa main en essayant d'être aussi subtil que possible.

– Je n'aime pas le dire, mais qui que soit le coupable, soit il n'y gagne pas d'argent, soit il ne travaille pas ici.

– Pourtant, les fuites enrichissent mon concurrent, il faut bien que quelqu'un soit payé pour ces informations, non ?

– En théorie, oui, je réponds en lissant les plis de mon pantalon. Il faut qu'on parle à Wendy, pour voir si elle a trouvé quelque chose, côté informatique. Peut-être qu'on en saura plus sur les fuites si on découvre d'où viennent les virus. Je peux la convoquer en entretien comme tous les autres, comme ça, j'aurai des réponses.

– D'accord, on ne sait jamais. Royce, vous êtes sûr qu'il n'y a rien d'anormal dans les comptes ?

Il hoche la tête et recule dans son fauteuil en posant sa cheville sur son genou.

– Oui, je suis navré, il n'y a rien de votre côté et j'ai analysé les comptes courants, l'épargne et les investissements de vos employés. Certains s'en sortent bien en Bourse, mais la plupart vivent de leurs salaires, que je trouve très généreux, d'ailleurs.

– Je veux que mes employés soient heureux, répond-elle en lui faisant un clin d'œil.

– Ça se voit et vous savez vous y prendre, dit Royce d'une voix rauque en ajustant sa cravate.

– Vous n'avez pas idée, susurre-t-elle en me regardant droit dans les yeux.

Je fais un effort surhumain pour ne pas réagir. On peut être séducteur, mais il y a des limites. Au risque de passer pour un ado coincé, je commence à en avoir assez de ses sous-entendus. On dirait un chien qui a vu un os. Lorsqu'elle a décidé qu'elle veut quelque chose, rien ne semble pouvoir l'arrêter. J'ai l'impression que me séduire est un défi qu'elle s'est lancé et qu'elle refuse de perdre. Cela dit, une femme comme elle ne doit pas être rejetée très souvent, voire jamais. Peut-être ne se rend-elle pas compte qu'elle joue à un jeu dangereux. Mais que se passe-t-il lorsqu'elle convainc un homme de la suivre chez elle ? Il n'y a aucun prix à gagner, quel est son but ?

– Bon, eh bien, je vais retourner auprès du DAF, dit Royce en se levant, on ne sait jamais, j'ai peut-être raté quelque chose. Bo devrait arriver d'une minute à l'autre, déclare-t-il alors que quelqu'un frappe justement à la porte.

– Lexie, un certain Bogart Montgomery est là pour son rendez-vous de quinze heures, dit la secrétaire d'Alexis.

Royce marche jusqu'à la porte et contourne Bo comme s'il ne le connaissait pas.

– Pardon, dit-il.

– Y a pas de quoi, répond Bo en faisant un pas sur le côté pour laisser passer Royce.

Bo se tourne vers Alexis et moi et il écarquille les yeux. Il prend son temps pour étudier notre cliente des pieds à la tête, et je sens déjà que les rapports entre Bo et Alexis vont être catastrophiques.

– Bien le bonjour, ma belle, dit Bo en fermant la porte derrière lui.

Il avance vers Alexis en lui tendant la main, qu'elle serre en haussant un sourcil, le regardant d'un air ennuyé lui faire un baisemain.

– Suis-je éveillé ? Vous êtes une véritable apparition, ronronne-t-il.

– Eh, tout doux, mon grand. Je te présente notre cliente, Alexis Stanton.

– Un prénom sexy pour une sirène sublime, poursuit-il en m'ignorant.

Argh !

– Tenez, Parker, voilà le genre d'homme auquel je suis habituée, dit Alexis en croisant les bras sous sa poitrine.

– Ignorez-le, c'est ce qu'on fait tous !

Bo joue avec son bouc, faisant tinter les boucles de son blouson en cuir.

– Bo, pour résumer la situation, Royce n'a rien trouvé dans les comptes bancaires des employés, qui indiquerait que le coupable se fait payer. Quant à moi, je n'ai rien découvert lors de mes entretiens avec les employés, mais il m'en reste encore sept, en comptant Wendy. Pour l'instant, personne n'a laissé entendre qu'il était malheureux ou qu'il avait une dent contre Alexis ou *Stanton Cybertech*. Ils sont tous ravis de travailler ici, et ils sont choqués de voir le concurrent voler les produits. Apparemment, vous êtes une patronne exceptionnelle, je dis d'un ton solennel qui ne laisse place à aucun sous-entendu.

Elle sourit et se mord la lèvre inférieure.

– Je suis exceptionnelle dans de nombreux domaines. Je pourrai vous montrer, si vous le voulez.

– Doux Jésus, je crois que je suis amoureux ! grogne Bo en posant sa main sur son cœur.

Je les ignore tous deux et poursuis mes explications.

– J'ai également passé en revue les résultats du détecteur de mensonges, et tous s'en sont sortis haut la main.

Bo rit en s'asseyant en face d'Alexis sans la quitter des yeux.

– Les détecteurs de mensonges sont faciles à berner. Les tribunaux les rejettent sans cesse comme preuve parce qu'ils ne sont pas fiables. Si tu veux mon avis, tu es bien meilleur qu'une machine.

– Merci, mais ça ne nous avance pas. C'est à toi de jouer, mon pote. Quand Alexis te présentera à son équipe de créateurs, tâche de scruter leur moindre geste et leur moindre parole. Tu sais quoi faire.

– Que ce soit mentalement ou physiquement, je sais m'y prendre avec les gens, ne vous en faites pas, répond-il en faisant les yeux doux à Alexis.

Je soupire et me dirige vers la porte.

– Sur ce, je vais retourner dans mon bureau pour finir les entretiens.

– Super, je craignais de ne jamais pouvoir me retrouver seul avec la plus belle femme du monde, lance Bo en souriant jusqu'aux oreilles.

Qui sait, peut-être qu'avec Bo, Alexis sera prise à son propre jeu ? En tout cas, ça ne peut pas faire de mal. Si elle se concentre sur lui plutôt que sur moi, je n'aurai plus à me préoccuper de cette superbe tentatrice. Non pas que je cherche à la fuir... enfin, peut-être que si. Pour l'instant, j'ai repoussé ses avances, donc c'est moi qui gagne à son petit jeu.

Alexis se lève en riant et s'avance pour m'ouvrir la porte.

Je regarde Bo, qui est déjà installé sur le canapé, les bras sur le dossier, jambes écartées, comme s'il était prêt à regarder un match de foot.

– Il est inoffensif. Cavalier, certes, mais inoffensif. Remettez-le à sa place, si besoin.

Elle saisit ma cravate et promène son index dessus tout en effleurant mon torse. Ma peau s'embrase au contact de ses doigts et une bouffée de chaleur se précipite entre mes cuisses. Ma queue le remarque et durcit légèrement. Mon regard s'arrête sur ses lèvres cerise et je me demande un instant si elles en ont le goût, aussi. Bon, peut-être ne suis-je pas gagnant, finalement ?

– Oh, mais je suis très à l'aise avec les hommes cavaliers. Ce que je veux savoir, c'est quand *vous* serez à l'aise à l'idée de vous et moi, répond-elle en se collant contre moi.

Vous et moi. Elle et moi.

Ses paroles me font l'effet d'un seau d'eau glacée, éteignant aussitôt la flamme qui s'était allumée en moi.

La seule personne avec qui je peux m'imaginer est Skyler. Nous avions beaucoup parlé d'elle et moi, de l'idée d'un « nous ». Et maintenant elle est partie. C'est fini.

Mon estomac se noue et je serre la mâchoire. Si je continue à souffrir autant, il va falloir que j'aille voir mon toubib, à Boston. J'ai désespérément besoin de répit.

– Je ne peux pas. Je suis désolé, je dis en la repoussant délicatement.

– Mais...

Elle se rapproche à nouveau, mais une main apparaît comme par magie sur son épaule.

– Il ne peut vraiment pas, ma belle. Moi, en revanche...

Il sourit, et elle dégage la main de Bo de son épaule.

– D'accord, d'accord, je vois que mon charme ne fonctionne pas, mais chérie, vous perdez votre temps avec Parker.

– C'est bon, Bo, je gère, je gronde en fusillant Bo du regard.

Il hausse les épaules et retourne s'asseoir. Je grimace et regarde de nouveau Alexis.

– Pourquoi ? chuchote-t-elle d'un ton inquiet qui semble sincère.

– C'est personnel. Et je vous l'ai dit, je sors tout juste d'une relation sérieuse.

– Vous savez ce qu'on dit ? ronronne-t-elle.

Je ferme les yeux, certain qu'elle va me dire « une de perdue, dix de retrouvées », ou quelque chose du genre.

– Un coup d'un soir guérit de tous les maux.

Bo claque des doigts et parle assez fort pour qu'on l'entende tous les deux.

– J'ai déjà entendu ça et j'en suis sincèrement convaincu.

J'éclate de rire face au ridicule de la situation. Si Skyler ne m'avait pas trompé, il me suffirait de dire à Alexis que je suis en couple pour repousser ses avances. Or, je lutte contre notre attirance mutuelle parce que je me sens coupable de ne pas encore avoir parlé à Skyler.

Bon sang, Skyler mérite que je couche avec Alexis. Elle mérite même que je prenne des photos et que je les lui envoie.

Voilà des photos de moi et d'une autre nana blonde et canon. J'espère que tu t'es autant amusée avec ton ex que je m'amuse avec cette bombe.

Ouais, c'est ça, c'est justement ce que je ferais pour lui faire autant de mal qu'elle m'en a fait.

J'imagine soudain Skyler apprendre que je l'ai trompée, et mon ventre se noue au point de me donner la nausée. Non, je vaux mieux que ça. Je ne suis pas un de ces gars qui se tapent la première venue juste pour blesser leur ex, ou leur future ex, selon le point de vue.

Bon sang, j'en ai marre de penser à ça. J'ai du travail.

– Écoutez, j'apprécie votre proposition, Alexis, et il fut un temps où j'aurais été ravi de tenter l'expérience avec vous. Je suis sûr que ç'aurait été spectaculaire. Mais je ne peux pas. C'est... ça n'arrivera pas.

Je tourne les talons et m'en vais, laissant Bo se débrouiller avec elle.

Lorsque je reviens dans mon bureau, je remarque que Spartacus dort sur ma chaise, roulé en boule.

– Salut, mon pote, qu'est-ce que tu fais ?

Je prends le chat et le pose sur mes genoux, surpris qu'il se laisse faire et qu'il blottisse sa tête contre mon ventre.

– Tu comprends toi, non ? je lui demande en le caressant. Tu sais ce que c'est d'aimer quelqu'un comme un fou et de ne pas savoir comment tourner la page.

Spartacus bâille et frotte sa tête contre mon ventre. Sa chaleur et ses ronronnements me font du bien et je sens que je commence à me détendre. Chaque caresse fait disparaître une partie de mon stress et mes yeux se ferment peu à peu. Je recule dans mon fauteuil et, pour la première fois de la semaine, j'ai enfin l'impression de respirer. Mon estomac n'est plus noué et je suis paisible.

Merde.

Il me faut un chat.

♦♦♦

Deux heures plus tard, j'ai interrogé un autre employé, et Madame Wendy Pritchard entre dans mon bureau. Elle est vêtue d'un legging bleu roi, de bottines en daim beige et d'une chemise à carreaux noire et blanche ceinturée sur ses hanches grâce à une ceinture jaune. Elle porte des créoles, du rouge à lèvres rose pâle et des mitaines en résille.

Chaque fois que je la vois, je me demande si j'aime son style ou non. Quoi qu'il en soit, cela lui va toujours à ravir.

– Je vous en prie, fermez la porte, Madame Pritchard.

Je la vois se retenir de sourire en effleurant le cadenas à son cou.

– Salut, boss, ça gaze ? demande-t-elle en s'asseyant dans le fauteuil.

Elle fait un tour sur elle-même, puis elle s'arrête en se retenant à la table.

– Tu sais que je t'ai fait venir ici comme tous les autres pour qu'on puisse parler de cette mission sans que personne ne te soupçonne d'être une espionne, n'est-ce pas ?

– Bien sûr.

– Et... Madame Pritchard ? je dis en haussant un sourcil.

Un sourire resplendissant s'étend sur son visage et illumine la pièce.

– C'est génial, non ? Sir Mick m'a mis une sacrée fessée quand il l'a su.

– Pourquoi ? Il n'aime pas que tu utilises son nom ?

– Mais si, il a adoré, justement. C'est pour ça qu'il m'a mis une fessée, bêta. C'était ma récompense !

Je reste silencieux quelques secondes, ne sachant quoi penser.

– Mais oui c'est vrai, poursuit Wendy, j'oublie combien vous êtes prudes, Royce et toi. Je suis sûre que Bo aurait compris, mais je t'interdis de le lui dire. Le connaissant, il en profitera pour faire des sous-entendus toute la semaine. Ce type ne se lasse jamais. Parfois, j'ai envie de la bâillonner et de le faire taire pour toujours.

– Ok, ça roule.

Elle me sourit d'un air innocent, comme si nous ne parlions pas de fessées et de bâillons. À quel moment ma relation avec Wendy a-t-elle changé à ce point ?

– Comme on n'a pas beaucoup de temps, allons droit au but.

– Ok, boss, je suis prête.

Elle s'avance au bord du siège, appuie ses coudes et ses mains sur la table, et attend que je parle.

– Royce n'a rien trouvé côté financier, et je n'ai rien appris grâce à mes entretiens, même s'il m'en reste encore une poignée.

– Même avec Kidd Stanton ?

– Pourquoi tu me demandes ça ?

Elle respire un bon coup, comme si elle rassemblait ses pensées.

– J'ai analysé son travail. Chaque codeur a sa méthode, un peu comme une empreinte digitale. Par exemple, je peux voir les différences entre le travail d'Alexis et celui de Kidd. Le sien n'est pas aussi avancé ou sécurisé que celui de sa sœur, mais il est très bon.

– D'accord, et alors ?

– Eh bien, au regard de mes enquêtes, j'ai trouvé au moins trois lignes de codes qui sont étranges. L'une est un bug dans le système qui semble avoir été placé là exprès, et le code ressemble à celui de Kidd. Une autre est une maladresse, et qu'on soit d'accord, même les meilleurs peuvent se tromper parfois quand ils sont fatigués, ou je ne sais quoi. Mais ça...

Elle secoue la tête.

– Quoi ?

– Ça a l'air intentionnel. Comme s'il avait fait exprès d'écrire un code qui allait faire planter le système. Pire encore, c'est tellement flagrant qu'un développeur lambda passerait dessus sans le voir. En gros, c'est tellement amateur que c'est caché à la vue de tous. Tu vois ce que je veux dire ?

Je tapote ma bouche avec mon index.

Pour quelle raison Kidd Stanton écrirait une erreur de code que sa sœur pourrait trouver aussi facilement ?

Pourquoi mettrait-il un bug dans le système ?

– Ce n'est pas logique. Je lui ai parlé. Il a le nom de sa sœur tatoué sur le bras.

– Ouais, j'ai vu, c'est assez cool. J'aimerais m'en faire un avec le nom de Mick.

– Il y a autre chose ? Quelqu'un d'autre qui se comporte bizarrement ?

– Il y a une nana qui est un peu distante, dit Wendy en haussant les épaules. Elle a l'air déçue que j'aie été embauchée. Elle a même dit qu'elle ne comprenait pas pourquoi j'étais là alors qu'elle pouvait facilement rattraper le retard de l'équipe.

– C'est qui ?

– Éloïse Gagnon. Ça fait plusieurs années qu'elle travaille ici.

Je feuillette les dossiers restants sur mon bureau et sors le sien.

– Je ne l'ai pas encore interrogée.

– Elle a l'air froide, mais peut-être qu'elle voulait une promotion et qu'elle est juste dégoûtée que j'aie pris sa place, ou quelque chose comme ça.

– Peut-être, je verrai. Bon travail, en tout cas. Continue d'enquêter sur les autres développeurs, surtout ceux qui ont travaillé sur les produits volés.

– Ça roule. C'est ce que j'allais faire, dit-elle en se passant la main dans les cheveux.

– Super. Tu peux y retourner. Dis à Éloïse qu'elle est la suivante.

Wendy recule sa chaise, mais elle ne se lève pas.

– Comment ça va, aujourd'hui ?

– Wendy... pas au boulot, je réponds en la regardant dans les yeux.

– Pardon, dit-elle en rougissant. C'est juste que... tu l'as appelée ?

– Non.

– Je ne sais pas comment faire, répond Wendy en triturant ses doigts.

– Comment faire quoi ?

– Te faire accepter que tu as tort. Et que tu souffres. Je n'aime pas ça. Je déteste ça, parce que je sais que tout irait mieux si tu l'appelais.

Elle écarquille les yeux, comme si elle réalisait ce qu'elle vient de dire.

– Je suis... pardon. Je suis désolée. Je n'aurais pas dû...

Le poignard s'enfonce un peu plus dans ma poitrine et j'ai du mal à respirer. Mon cœur bat plus vite et mon sang s'embrase. Je referme ma main sur ma cuisse et fais de mon mieux pour garder le contrôle de mes émotions.

– Non, tu n'aurais pas dû.

– Parker... dit-elle d'une voix tremblante qui me brise le cœur.

– Wendy, je sais que tu ne penses pas à mal, et je suis ravi que tu aies rejoint l'équipe. Tu fais partie de la famille, dorénavant, et ça ne changera pas. Mais il faut que tu arrêtes.

Mon Dieu, faites qu'elle arrête. Je ne peux pas supporter son espoir en plus de mon appréhension.

Je réfléchis quelques instants et tente une approche différente.

– Écoute, je gère la situation de la seule façon que je connais. Ce n'est pas la première fois qu'une femme me brise le cœur, d'accord ?

– Quoi ? s'exclame-t-elle en portant ses mains à sa poitrine.

Merde. Je n'ai pas envie d'en parler alors que j'essaie désespérément de laisser tout ça derrière moi. De supporter cette nouvelle douleur et d'avancer.

Wendy est immobile en attendant que je poursuive.

– Très bien, je soupire, je te fais la version courte. J'étais fiancé à la fac. À Kayla McCormick. Elle s'est servie de moi et elle m'a trahi en se tapant mon meilleur ami, Greg, alors qu'elle portait ma bague au doigt.

– Quelle salope ! grogne Wendy en ouvrant de grands yeux.

– Absolument. Et depuis, je n'avais pas confié mon cœur à une femme jusqu'à...

– Skyler.

Elle ferme les yeux, comme si cette histoire lui brisait le cœur, à elle aussi.

– Ouais.

– Je ne savais pas.

– Tu ne pouvais pas savoir. On n'en parle pas, avec les mecs. C'était une période affreuse, pour moi. Et ce que je traverse en ce moment en est une autre.

Elle tend une main tremblante pour la poser sur la mienne.

– Je veux t'aider. Qu'est-ce que je peux faire ?

– Sois mon amie, tout simplement, je réponds en serrant sa main. Sois là comme tu l'as promis, mais n'essaie pas de réparer la situation. C'est impossible. Je dois trouver le meilleur moyen pour moi d'aller de l'avant.

– Mais... mais, si le bon moyen était de laisser une deuxième chance à Skyler ?

Son regard s'illumine et j'y vois tout son espoir, me donnant envie de frapper un autre mur ou de m'effondrer.

– Et si je te promettais d'y réfléchir ?

– Vraiment ?

– Vraiment, je réponds en serrant de nouveau sa main. Maintenant va-t'en. Je veux faire cet entretien et me détendre. Maintenant que Bo est en ville, on pourrait sortir tous les quatre, loin de ce quartier, bien sûr.

– Génial ! Je nous trouve un bar.

– On m'a recommandé le *Brutopia*, et comme on est mercredi, il y a peut-être un groupe live.

– J'adore la musique live ! s'exclame-t-elle.

– Je sais, chipie. Tu le dis aux mecs ? Je m'en vais dans une heure.

– Ça roule boss.

– À tout à l'heure, Wendy.

Elle sourit jusqu'aux oreilles en se levant.

– J'ai hâte de dire à Mick que je sors avec mes mecs préférés !

– Euh, tu crois que c'est une bonne idée ?

– Oh que oui, répond-elle avec un sourire machiavélique. Comme ça, je serai punie à mon retour. Il se pourrait bien que je ne puisse pas marcher pendant plusieurs jours. J'ai hâte ! s'exclame-t-elle en remuant les fesses.

Encore une fois, Wendy me fait éclater de rire.

– Espèce d'obsédée, je dis alors qu'elle ouvre la porte.

– Pour le plus grand plaisir de mon homme ! Allez, bang bang, je me casse ! dit-elle en imitant un pistolet avec sa main.

Je ricane en reculant dans mon fauteuil, et une boule de poils orange atterrit aussitôt sur mes genoux. Spartacus me regarde comme si j'avais volé son siège, et non l'inverse.

– Tu te crois le roi de l'univers, c'est ça, chat ?

Il me fusille du regard, et je cligne des yeux le premier, après quoi il repose sa tête sur mon ventre et se met à ronronner.

Je n'ai pas encore eu le temps de pousser le chat lorsque Wendy revient.

– Apparemment, Éloïse est partie plus tôt aujourd'hui. Elle avait rendez-vous chez le médecin. C'était dans son agenda, j'ai vérifié, chuchote-t-elle.

– D'accord. Eh bien, on dirait que j'ai fini ma journée, alors. Si ce chat veut bien me laisser me lever, je dis en désignant Spartacus.

– Oh, c'est trop mignon. Tu sais, les chats ont un sixième sens pour repérer les gens bien. Et il y a des études qui ont montré un niveau de stress plus bas chez les personnes qui caressent un chat.

– Va-t'en ! je m'exclame en souriant et en désignant la porte.

– Mais c'est vrai ! Bon, très bien. Ciao !

Elle s'éloigne et je regarde Spartacus en le caressant.

– Tu es pénible et tu mets des poils orange partout sur mon pantalon, mais... c'est vrai que je me sens mieux, je chuchote pour être sûr que personne n'entende. Merci de me tenir compagnie.

CHAPITRE 6

Lorsque nous arrivons au *Brutopia*, un bar branché au cœur de Montréal, il y a déjà du monde. La salle paraît petite, mais en approchant du bar, nous apercevons une scène, dans un coin, avec une petite piste de danse entourée de chaises et, au fond, une salle avec un billard.

– Ce bar est trop cool ! s'exclame Wendy.

– Je suis content de m'être changé, dit Royce en mettant ses mains dans ses poches.

Je souris en regardant sa tenue. Il a gardé son pantalon de costume, mais il a troqué sa chemise contre un t-shirt à manches longues blanc qui semble phosphorescent sous les néons du bar.

– Ouais, t'as bien fait. On commande un verre avant de trouver une table ?

– Ça roule, dit Bo en me frappant dans le dos et en étudiant toutes les femmes du bar. Un shot de tequila et une pression, s'il vous plaît ! dit-il au barman.

– Oh, pareil pour moi ! s'exclame Wendy en levant la main.

Je tourne la tête vers Royce, qui me regarde du coin de l'œil en souriant.

– La même chose pour nous aussi, dit-il.

– Ah bon ? Alors, c'est parti ? On se la colle ? demande Bo en haussant les sourcils.

Je passe ma main dans mes cheveux trop longs et les ébouriffe encore plus. Je devrais les couper, mais je m'en fiche, je me fiche de tout en ce moment.

– Ouaip !

– Je ne suis pas certain de vouloir me la coller, répond Royce, mais la soirée ne fait que commencer et j'ai vu qu'un trompettiste et un tromboniste s'installaient.

– Génial ! s'exclame Wendy. On va s'éclater !

Le barman pose quatre shots de tequila sur le comptoir, puis il sert quatre pintes et les pose à côté des shots.

– À quoi on trinque ? demande Bo en souriant et en nous passant les shots.

Je n'ai absolument rien de positif ou de motivant à dire, mais Wendy lève son verre et nous l'imitons.

– Je crois qu'on devrait trinquer à l'idée qu'il faut faire confiance à son cœur et le laisser nous guider vers le bonheur.

Ma poitrine se serre et je ferme les yeux pour me concentrer sur ma respiration.

– Bien dit, dit Royce en trinquant avec elle.

– À la vôtre, ajoute Bo à son tour.

J'ouvre les yeux et me concentre sur chacun de mes amis, fier d'être où je suis et d'avoir l'aide de ces trois personnes pour trouver mon chemin.

– Faisons confiance à nos cœurs, je dis à mon tour.

Je vide mon shot, l'alcool réchauffe ma gorge et mon ventre. Ma poitrine se desserre un peu et je rince la tequila en buvant une longue gorgée de bière fraîche.

– Allons trouver une table près de la scène, dit Wendy, tout excitée.

C'est agréable de voir quelqu'un s'amuser et apprécier les bonnes choses de sa vie.

– Parle-nous de toi, Wendy, je dis en m'asseyant sur la banquette.

Elle s'assoit au milieu, Bo à côté d'elle. Roy s'installe en face de nous, sur une chaise qu'il déplace sur le côté pour voir le groupe qui s'installe.

– Il va me falloir un autre shot si vous voulez tout savoir, s'exclame Wendy.

– Je m'en occupe, dit Bo en frappant la table.

Il enlève son blouson en cuir et le suspend au crochet près de la table.

– Waouh, ils sont sept, commente Royce en regardant la scène. Ça fait des années que je n'ai pas vu un groupe en live.

– Ouais, et ils ont tous un style très différent, je dis en étudiant les musiciens.

Un grand type noir est en train d'installer son micro. Il porte un pantalon 7/8ᵉ, un tee-shirt moulant blanc et un gant à paillettes argenté, il est habillé comme Michael Jackson dans les années quatre-vingt-dix. Même ses cheveux sont coiffés avec des boucles sur le côté.

– Ouais, je ne suis pas fan du look du chanteur, dit Royce, mais s'il a la voix de Michael, ça me va.

Bo revient avec quatre doubles shots de tequila.

– Des doubles ? je demande en riant.

– Je n'aime pas faire les choses à moitié, répond-il en souriant.

– Ouais, t'as raison, je dis en prenant un verre.

Bo donne le sien à Wendy.

– Pour vous, ma princesse.

– Quand vas-tu comprendre que je suis la princesse de Mick et pas la tienne ? gronde-t-elle.

– Et maintenant, on trinque à quoi ? demande Royce.

Je me dépêche de répondre avant que l'un d'entre eux puisse encore jouer au poète romantique.

– À l'amitié... et à la famille. Qu'elles soient récentes ou anciennes.

– À l'amitié et à la famille. Très bien, murmure Royce en trinquant avec moi.

– J'approuve, ajoute Bo.

– À la famille, dit Wendy d'une voix émue. Je vous aime, les gars, chuchote-t-elle.

– Beurk ! Wendy ! je grogne.

– Roh, les femmes ! marmonne Royce.

– Oh, pardon ! Vous êtes rabat-joie ! rouspète Wendy.

– Ma petite fée clochette, tu es avec les gars, tes frangins de cœur. On ne fait pas ce genre de déclaration entre nous, prévient Bo.

– Il a raison, ma p'tite dame. Si tu veux traîner avec les mecs, tu dois parler comme nous, d'accord ? ajoute Royce.

– Je dis juste que je vous aime ! Vous vous comportez comme si j'allais vous écrire des poèmes d'amour et appeler mon premier-né comme vous.

– Pourtant, Bo est un prénom parfait.

– Mais non, Parker est bien plus branché.

– Messieurs, Messieurs, c'est perdu d'avance. Royce est classe et élégant, c'est le prénom d'un vrai leader.

– Et Michael ? demande Wendy en buvant sa bière.

– Allez, bois ton verre ! je m'exclame alors que nous grognons tous les trois.

– Ok, d'accord. À la famille !

Nous vidons nos verres et je recule dans la banquette en promenant mon index sur le dessus de ma pinte.

– Très bien, petite souris, on a vidé nos tequilas, maintenant parle-nous de toi. Tu as grandi où ?

– À Sacramento.

– La Californie, le pays des folles. J'aurais dû m'en douter, plaisante Bo.

– J'ai rencontré Sir Mick alors qu'il séjournait dans un hôtel pour une conférence. J'avais été engagée comme serveuse pour l'occasion. On a passé la nuit ensemble, et deux jours plus tard, il avait fait mes cartons et il me mettait dans un avion pour le Massachusetts, d'où je n'ai pas bougé depuis.

– Waouh, ce type sait s'y prendre. Il lui faut à peine deux jours pour convaincre une nana de tout plaquer et de déménager à l'autre bout du pays ? dit Royce en secouant la tête d'un air impressionné.

– C'était le coup de foudre, répond Wendy en souriant. Et comme on adhère tous les deux au BDSM, ça a tout de suite marché. Avant lui, je n'avais rien. J'avais deux amis et un boulot merdique qui me permettait à peine de vivre. Je n'ai pas fini le lycée, mais il m'a aidée à avoir mon bac par correspondance. Et regardez-moi, aujourd'hui, je n'ai jamais été aussi heureuse.

– Waouh, Wendy, qu'est-ce qui est arrivé à ta famille ? demande Bo d'une voix douce.

– Je n'en ai pas, répond Wendy en haussant les épaules. D'après ce que m'a dit l'assistante sociale quand j'étais ado, ma mère était droguée et aucun père n'a été déclaré. À cinq ans, quelqu'un a appelé les services sociaux parce que j'allais et venais toute seule de chez moi à la maternelle et que j'étais mal nourrie. L'institutrice a porté plainte, les assistantes sociales sont venues, et je n'ai plus jamais revu ma mère. Elle n'a jamais essayé de me récupérer. Après ça, je suis passée d'une famille d'accueil pourrie à une autre, jusqu'à ce qu'à quinze ans je décide que j'en avais assez.

– Quinze ans ? je m'exclame en posant une main sur son épaule. Wendy...

Ma gorge se noue en imaginant une petite fille aux cheveux rouges se faire trimballer d'une famille à une autre. Comment ont-ils pu lui faire ça ?

– Ouais, j'avais déjà compris que j'étais plus intelligente que les autres. J'ai hacké les serveurs de la mairie et j'ai menti pour obtenir une pièce d'identité sur laquelle j'avais dix-huit ans. J'ai laissé tomber le lycée et j'ai trouvé un job. J'ai commencé à bosser comme serveuse dans un *diner* et je squattais chez des amis dès que je le pouvais pour économiser. Et puis un jour, enfin, mon sauveur est arrivé.

– Comment ça ? demande Royce en s'appuyant sur la table, fasciné par l'histoire.

Autour de nous, le bar se remplit des éclats de rire et des conversations des clients, mais nous sommes tous les trois collés à nos chaises et pendus aux lèvres de notre frangine.

Le sourire resplendissant que je suis habitué à voir chez Wendy réapparaît malgré le ton lugubre de la conversation.

– Je bossais au bar de l'hôtel, à vingt ans, et Michael est arrivé. Il a commandé un whiskey et a râlé parce que ce n'était ni une bonne marque ni une bonne année. Je gardais une bouteille de Macallan planquée sous le bar pour les moments où j'avais besoin d'un remontant.

– Meuf, la classe ! ricane Royce.

– Je sais, répond-elle en jouant des sourcils.

– Et après ? insiste Bo. Allez, raconte, le suspense va me tuer !

Elle se tourne et le frappe à l'épaule.

– Aïe ! dit-il en se frottant le bras. Je déteste que tu me frappes avec tes petites mains osseuses.

– T'as de la chance que j'investisse pas dans un coup-de-poing américain ! s'exclame-t-elle en levant le poing comme une mama italienne qui menace ses petits-enfants.

– Allez, continue ton histoire, petite chipie, râle Bo en se massant le bras.

– Eh bien, j'ai dit à Mick que je lui donnerais la bonne bouteille s'il promettait de ne rien dire à mon boss.

– C'était risqué, je dis.

– Ouais, mais il était beau, et quand il m'a regardée, j'ai eu l'impression qu'il pouvait lire en moi. Je n'avais plus qu'une envie, c'était de lui faire plaisir. Je voulais être tout pour lui et qu'il soit tout pour moi.

– Bon sang, mais pourquoi je n'arrive pas à trouver quelqu'un comme toi ? siffle Royce.

– Parce que tu ne cherches pas au bon endroit, espèce d'abruti, ricane Bo.

– N'importe quoi. Tu es mal placé pour parler, Monsieur le roi des poulettes... Tu n'as rien à dire à ce sujet. Au moins Parker en a trouvé une bonne.

– Tu parles, je ricane. Je n'arriverais pas à garder une nana même si ma vie en dépendait. Je dois avoir un signe invisible sur le front qui dit « Trompez-moi » ou quelque chose dans le genre.

– C'est faux, répond Royce en secouant la tête. Je suis certain que Skyler ne t'a pas trompé, et plus vite tu lui laisseras une chance de s'expliquer, mieux on se portera.

Je grince des dents et regrette de ne pas avoir un autre shot pour ravaler la boule qui se loge dans ma gorge.

Bo regarde ailleurs et fait mine de s'intéresser au serveur qui apporte les plats de la table à côté de la nôtre.

– C'est ce que tu penses, toi aussi ? je lui demande. Wendy m'a déjà dit ça, aujourd'hui, autant jouer cartes sur table.

– Tu es sûr que t'es prêt à entendre ce que je pense ?

– Je sais que je n'ai pas envie de l'entendre plus tard, quand je ne m'y attendrai pas. On est tous là, vas-y, dis-moi ce que tu penses.

Frustration, irritation et colère m'envahissent, cherchant une porte de sortie.

Wendy pose une main sur le bras de Bo et le regarde dans les yeux comme pour l'encourager.

– Très bien. Je pense que tu as peur, dit-il enfin.

Je ne m'attendais pas à ça.

– Peur ? D'une belle blonde ? T'es sérieux ? je ricane en attendant qu'il continue.

– Tu as peur de ce que ça implique d'aimer quelqu'un à ce point. Tu as peur qu'elle fasse ce que Kayla a fait...

J'écarquille les yeux et pose brusquement mon verre sur la table. Heureusement, il est presque vide.

– Mais elle a fait la même chose, justement ! Sky a passé la nuit dans la chambre de Johan...

– Je sais. Sauf que tu ne peux pas te baser sur ce qu'a dit cet enfoiré. Écoute, tout ce que je dis, c'est que la femme que j'ai rencontrée à New York était dingue de mon meilleur ami. Ensuite, on l'a vue au *Lucky's* et elle a pris le temps d'essayer de tous nous connaître, de connaître ta famille. Elle a parlé de déménager à Boston. Pourquoi risquerait-elle tout ça ?

– Parce qu'elle aime le sexe ! Elle aime baiser, je suis bien placé pour le savoir, et elle est douée pour ça. Peut-être qu'elle voulait des retrouvailles avec la queue de Johan, je gronde alors que ma main se referme sur ma pinte.

– Mec, il fallait vraiment que tu dises ça ? râle Royce en secouant la tête.

Une nouvelle vague de colère jaillit dans mes veines et j'ai trop chaud.

Ils ne comprennent pas. Ils ne comprennent pas ce qu'elle a fait !

– Ben oui, il fallait que je le dise. Parce que j'ai besoin de savoir que mon équipe, ma famille, est là pour moi. Pour moi ! C'est moi qui devrais être votre priorité, pas la fille qui m'a trompé ! j'éructe d'une voix rauque avant de vider mon verre. Il me faut une autre bière, j'ajoute en me levant.

Je vais au bar pour avoir un peu d'espace et me calmer avant de risquer d'exploser.

Bon sang, ils la soutiennent vraiment ?

Ils sont censés être mes amis, ma famille. Pas la sienne ! C'est alors que je me rappelle que Sky n'a pas de famille, elle.

Je pense à elle en attendant que le barman prenne ma commande.

Je revois combien elle était nerveuse de rencontrer mes parents.

Plus tard, je la vois rire en regardant ma mère et mon père se chamailler.

Je vois ma nana prendre le numéro de mes amis en buvant des bières dans le pub de mon père.

Je la revois parler mariage avec Wendy.

Je l'entends promettre d'aller au mariage... avec moi.

Je me souviens du moment où elle a parlé de déménager à Boston.

Et si elle disait la vérité ?

Johan est un manipulateur hors pair. Il aurait facilement pu mentir à propos de leur nuit ensemble. Mon cœur se met à battre rapidement et mon estomac se noue. Je pose ma main dessus et me force à respirer lentement. Il me faut une bière. Et un autre shot de tequila.

– Bière ou tequila ? demande le barman.

– Les deux. Quatre pintes et quatre doubles shots. Est-ce que vous pouvez nous envoyer une serveuse ? Il va falloir qu'on mange.

– Bonne idée. Le groupe est sur le point de commencer, dit-il en désignant les musiciens qui montent sur scène.

Le guitariste prend sa guitare et le pianiste s'échauffe les doigts. J'attends nos verres en écoutant les cuivres s'accorder. Mon rythme cardiaque ralentit enfin, mais c'est sans doute grâce à l'alcool.

– Je suis désolé, frangin, dit Royce en venant à moi. Ce que tu traverses ne doit pas être facile, et ce n'est pas à moi de...

– Non mec, c'est cool, t'en fais pas, je dis en lui coupant la parole. J'avais besoin de l'entendre, et si ça ne vient pas de vous, de qui ça viendra ?

– Alors, tu vas écouter nos conseils ?

– Je ne sais pas encore ce que je vais faire. Tout ce que je sais, c'est que je veux me détendre avec mon équipe. C'est possible ?

– Ouais, c'est possible, répond-il en souriant.

Il empoigne ma nuque et se penche jusqu'à ce que nos fronts se touchent.

– Tu sais que quoi qu'il arrive, tu nous auras toujours, Bo, Wendy et moi. On est ta famille. Mais parfois, quand tu es aveuglé par tes sentiments, on doit te rappeler à l'ordre et t'aider à y voir plus clair. Comme quand tu crois que Skyler t'a trompé.

– Tu la trouves bien pour moi, c'est ça ? je demande.

– Ouais, je la trouve bien pour toi. Je pense même qu'elle est parfaite. Je veux te voir heureux, et je ne t'ai jamais vu aussi heureux qu'avec elle.

Ses paroles me font l'effet d'un coup de fouet.

– J'étais heureux. Plus que ça, j'étais amoureux.

– Mec, tu l'es toujours. C'est pour ça que tu souffres autant.

Il a raison. En dépit de ce que Skyler a fait ou non avec Johan, ça ne change rien au fait que je suis dingue de cette femme. Or, je n'ai même pas pu le lui dire en face. Peut-être que si je le lui avais dit, elle m'aurait attendu pour régler le problème de son ex. Peut-être qu'elle ne se serait pas crue seule.

– Bon sang ! je m'écrie en passant ma main dans mes cheveux. Mec, j'ai le cerveau à l'envers.

Royce se tourne vers le comptoir où le barman vient de poser nos verres.

– Oui, en effet, mais ça va aller. On est là.

Il prend deux bières dans une main, deux dans le creux de son coude, contre lui, et deux des shots dans l'autre main. J'attrape les deux derniers et les apporte à notre table. J'ai à peine posé les verres que Wendy se jette dans mes bras. Elle plaque sa joue contre la mienne et je sens son souffle dans mon oreille. Son parfum de noix de coco remplace l'odeur de gras du bar et je réalise soudain combien je me suis habitué à sentir son parfum près de moi.

– Je suis désolée, Parker. Je ne veux pas que tu croies qu'on n'est pas dans ton camp. Peu importe combien j'apprécie Skyler, tu seras toujours ma priorité, dit-elle en me serrant contre elle.

Je frotte son dos de haut en bas, profitant de son câlin et de la tendresse d'une femme.

– Merci, Wendy. Je suis désolé, moi aussi. Je me suis comporté comme un débile, mais je vais essayer de faire mieux.

– Je n'osais pas le dire... marmonne Bo assez fort pour qu'on l'entende.

– Et si on essayait de s'amuser ? Assez parlé de choses sérieuses pour ce soir. Buvons, mangeons et soyons heureux. Ok ?

Wendy recule, les larmes aux yeux, mais elle ne les laisse pas couler et je lui en suis reconnaissant.

– Allez, prenez vos shots, dit Royce en levant son verre. Jurons de ne jamais laisser quoi que ce soit nous diviser. L'équipe *IG* jusqu'au bout !

– À l'équipe d'*IG* ! disent Wendy et Bo.

– Ah, enfin une bonne raison de trinquer, je dis en souriant.

Le groupe se met à jouer, attaquant la soirée avec « Billie Jean », le plus grand tube de Michael Jackson.

– Woohoo ! s'exclame Wendy, toute excitée.

Roy se déplace encore un peu pour mieux voir la scène. Le pianiste se met à jouer, et lorsque le chanteur commence à son tour, nous chantons tous à tue-tête.

L'équipe d'*IG*, jusqu'au bout.

CHAPITRE 7

La porte de la salle de réunion s'ouvre avec un grincement qui me fait l'effet d'un coup de tonnerre. J'ai l'impression qu'un marteau-piqueur martèle mes tempes et je grince des dents pour ne pas vomir sous l'effet de ma gueule de bois.

– Apparemment, je suis la prochaine sur la liste d'entretiens, dit Éloïse Gagnon d'une petite voix.

– Oui, entrez. Asseyez-vous, Mademoiselle Gagnon.

– Appelez-moi Éloïse, je vous en prie.

Elle sourit, mais son geste manque de sincérité, comme si elle agissait par habitude ou parce que c'est ce qui est attendu lorsqu'on rencontre quelqu'un.

Elle est petite, avec très peu de courbes, et sa maigreur est accentuée par son slim, son tee-shirt à manches longues et ses ballerines. Ses cheveux sont attachés en queue-de-cheval basse et ses lunettes à bords noirs l'embellissent et lui donnent du caractère. Elle semble tout juste sortie de la fac, alors que son dossier m'indique qu'elle a presque mon âge.

– Je suis Parker Ellis. Je suppose que vous savez pourquoi je suis ici ?

Je pose la question que j'ai posée à tous les employés.

– Oui, pour parler de la productivité de l'entreprise. Mais j'imagine que c'est surtout en lien avec les fuites de secrets commerciaux.

– Qu'est-ce qui vous fait penser ça ? je réponds, sur le qui-vive.

– C'est logique, dit-elle en haussant les épaules. La boîte a perdu beaucoup d'argent, parce qu'un de nos concurrents a lancé, avant nous, un produit similaire à celui que nous développions. J'en déduis qu'il doit y avoir un problème en interne.

Je recule dans mon fauteuil et fais glisser mon crayon entre mes doigts jusqu'à ce qu'il tombe bruyamment sur la table, puis je recommence. C'est une technique que j'ai apprise à maîtriser en cours d'entretiens individuels, à Harvard. J'ai remarqué que ça agace les gens, ce qui peut les pousser à commettre des erreurs ou à faire des lapsus.

Son regard s'arrête sur le crayon alors que je répète le geste. Elle tressaute lorsqu'il frappe la table, mais je fais mine de ne pas le remarquer.

– Et que faites-vous, ici ?

– Je travaille avec les développeurs.

– Alors vous travaillez avec la nouvelle, Wendy.

Je lève la tête pour observer sa réaction. Une expression de dégoût se dessine sur son visage, mais elle se dépêche de le cacher de nouveau.

– Ouais, si on veut.

– Ça n'a pas l'air de vous faire très plaisir. Est-ce que vous avez quelque chose à me dire ?

– C'est juste que je ne comprends pas pourquoi ils l'ont embauchée alors que j'aurais pu combler le manque en travaillant directement avec Kidd.

– Kidd ?

– Ouais, le directeur informatique. On a toujours très bien travaillé ensemble.

Voilà qui est intéressant. Quelque chose me titille dans sa façon de parler, mais avec ma gueule de bois, je n'ai pas les idées claires.

– Ça fait longtemps que vous travaillez avec Kidd ?

– On a commencé en même temps. Je sortais tout juste de la fac et lui du lycée. Il est brillant. Il n'est même pas allé à l'université, et il est aussi bon que sa sœur. On formait une équipe géniale. On était parfaits ensemble, dit-elle en fronçant les sourcils. Et puis Alexis nous a séparés et on m'a mise au service de maintenance. Je n'ai plus travaillé en création de produit.

– Ça a dû être difficile à avaler. Il s'était passé quelque chose ?

– Non. Je suppose simplement que je n'étais pas aussi bonne qu'eux. Je ne pouvais plus traîner avec les grands. Mais j'ai de nouveau gravi les échelons et j'ai retrouvé ma place en création. Et maintenant, voilà que je dois rivaliser avec Wendy, la nouvelle.

Ah, je comprends, c'est à Wendy qu'elle en veut. Une douleur intense me traverse le crâne et je serre la mâchoire. Bon sang, j'ai beaucoup trop bu hier soir. La prochaine fois qu'on décide de faire la fête, il faudra qu'on attende que la mission soit finie.

Je déglutis et attrape ma bouteille d'eau.

– Ça va ? demande Éloïse. Vous êtes un peu pâle.

Je vide la moitié de la bouteille, laissant l'eau fraîche apaiser mon ventre vide.

– Je suis juste fatigué.

– On dirait que vous avez un peu trop fait la fête, hier, ricane-t-elle.

J'inspire bruyamment en lui faisant un clin d'œil, admettant ma faute pour voir sa réaction.

– Faites attention, elle pourrait vous virer. C'est une sacrée garce, quand elle le veut, chuchote Éloïse en se penchant sur la table pour se rapprocher. Ne vous laissez pas berner par son corps de rêve et sa belle gueule. Sous son look branché et glamour, cette femme est une sorcière.

Wouah, elle y va fort.

– Vous n'avez pas l'air de beaucoup apprécier Alexis. Si c'est le cas, pourquoi travaillez-vous ici ?

– Parce que Kidd est génial, et j'ai appris davantage avec lui qu'en quatre ans d'études. Je ferais n'importe quoi pour garder mon poste ici.

Elle semble beaucoup tenir à son patron... Je sens qu'il y a autre chose, mais mon cerveau sans doute encore alcoolisé n'arrive pas à mettre le doigt dessus.

Il faut que je dorme. Une semaine, ou même un an.

– Est-ce qu'il y a autre chose, Monsieur Ellis ? J'ai beaucoup à faire. J'étais en train de corriger les erreurs de code de Kidd.

– Ses erreurs ?

Wendy a mentionné hier qu'elle avait trouvé des erreurs qui ressemblaient à l'écriture de Kidd.

– Je crois que c'est à cause de sa nouvelle copine, murmure Éloïse comme si elle me faisait part d'un secret. Depuis qu'il a commencé à la voir, son travail en pâtit. J'essaie de corriger ses fautes pour que personne ne les voie. Il finira bien par se débarrasser de cette femme et il reviendra sur terre.

– Attendez, qu'on soit d'accord... je commence en me massant la nuque pour me détendre et y voir plus clair. Vous dites que vous repassez derrière Kidd pour revoir son travail ?

– Ouais, c'est n'importe quoi ! Il fait de très grosses fautes, le genre qui pourrait mettre en danger la sécurité de tous nos logiciels.

Ding ! Ding ! Ding ! Ding !

Une alarme retentit dans ma tête.

– Mais ne vous en faites pas, poursuit-elle. Je le couvrirai jusqu'à ce qu'il se débarrasse de sa copine.

– Sa copine ?

– Ouais, Victoria, dit-elle en grimaçant. Elle ne le mérite pas. Il faut qu'il la largue, et vite.

– Eh bien, il n'est pas près de la quitter, parce qu'il l'a demandée en mariage et elle a dit oui. Ils vont se marier l'été prochain. Je suis surpris que vous ne le sachiez pas.

Éloïse recule si vite que sa chaise tombe en arrière. Elle se tient droite comme un « i » et elle vire au rouge cramoisi, de la poitrine jusqu'au front.

– Eh... je commence en me levant et en tendant les mains vers elle.

– Il va épouser cette quiche ? s'écrie-t-elle.

J'essaie de déglutir, mais ma bouche est aussi sèche que le Sahara.

– Alors, il ne s'améliorera jamais ! Elle gâche son génie !

– Calmez-vous, Éloïse.

Éloïse.

Éloïse.

J'entends son prénom en boucle dans ma tête. Je connais ce prénom. Il est inhabituel, mais je l'ai déjà entendu. Récemment.

« *C'est plutôt qu'Éloïse, mon ex, voulait tout mon temps et toute mon attention.* »

Kidd.

Est-ce que cette Éloïse est l'ex dont il me parlait ?

– Il faut que j'y aille, dit Éloïse en secouant ses mains comme si elles étaient mouillées.

Elle sort de la pièce d'un pas rapide avant que j'aie pu la rattraper. Je me laisse tomber dans le fauteuil et Spartacus saute sur mes genoux, appuyant ses pattes sur mon ventre déjà trop sensible.

– Bon sang, mon pote, j'ai déjà assez envie de vomir comme ça, n'aggrave pas mon cas, je dis en le grattant derrière les oreilles.

Il miaule, puis il se roule en boule, prêt à s'endormir.

– Eh bien, je suis content de voir qu'au moins l'un de nous deux va pioncer, je déclare en vidant ma bouteille d'eau.

Je l'écrase et la jette dans la poubelle de tri, à la manière d'un basketteur qui marque un trois points. Je me pince le haut du nez, penche le fauteuil en arrière et ferme les yeux, essayant de comprendre ce que signifient toutes ces informations.

Éloïse répare les erreurs de Kidd sans rien dire. Pourquoi ?

Parce qu'elle est amoureuse de lui, peut-être ?

Kidd a dit qu'il avait une ex qui s'appelait Éloïse. Ce n'est pas un prénom commun. Et ils travaillent ensemble. Kidd va se marier et Éloïse a pété un câble. Peut-être que Kidd laisse fuiter les infos sans le vouloir, ça expliquerait que personne n'ait reçu de somme d'argent anormale.

Je prends mon téléphone et ouvre la fiche de Wendy.

À : La Meilleure Assistante Du Monde
De : Parker Ellis

J'ai une théorie à tester. Appelle-moi.

J'appuie sur « Envoyer » et je ferme de nouveau les yeux, cherchant à me reposer quelques minutes, lorsque mon téléphone sonne.

– Quoi de neuf ? demande-t-elle d'une voix essoufflée.

– T'es où ? je demande en entendant le bruit de la circulation en arrière-fond.

– J'ai dit à Kidd que j'allais me chercher un café. Je suis en route pour le *Starbucks* et tu ne devineras jamais devant quoi je viens de passer : une église gothique incroyable !

Je souris en entendant sa voix tout excitée. C'est bien qu'au moins l'un d'entre nous arrive à rester positif, ce matin.

– C'est la basilique Notre-Dame.

– Je croyais que Notre-Dame était en France ?

– Oui, mais toi tu as vu la basilique, pas la cathédrale qui est à Paris. La différence, c'est le statut que l'Église leur attribue. L'architecture est néogothique, comme beaucoup d'églises de l'époque. Si tu as le temps, tu devrais entrer voir les vitraux, ils racontent l'histoire de Montréal au lieu des scènes bibliques comme on a l'habitude de voir. C'est fascinant.

– Waouh, comment tu sais tout ça ?

– J'ai visité Montréal avec ma famille quand j'étais jeune. Ah, et j'ai lu quelque part qu'ils y font un spectacle de lumières incroyable en se servant de l'architecture et des peintures de la basilique. Apparemment, ce sont les mêmes techniciens qui s'occupent des concerts de Madonna. On pourrait peut-être y aller quand on aura fini la mission, je propose en me disant que ce serait super de montrer Montréal à Wendy.

J'ai toujours aimé cette ville, et j'adorerais l'emmener à Québec pour lui montrer la vieille ville, les hôtels historiques et pour prendre le ferry pour profiter de la vue depuis la rivière.

– Cool, je suis partante. Alors, c'est quoi ta théorie ? Je suis au *Starbucks.*

Je rêve d'un café, moi aussi, mais je ne peux pas lui demander de m'en prendre un, car cela éveillerait les soupçons.

– Eh bien, je soupire, je viens de rencontrer Éloïse.

– Elle est adorable, n'est-ce pas ? ricane Wendy d'un ton sarcastique.

– À peu près aussi agréable que l'est mon estomac ce matin.

– Oh, pauvre chaton, tu ne tiens pas l'alcool ! se moque Wendy.

– Comment tu fais pour être aussi joyeuse ? Tu as bu exactement la même chose que nous, hier soir.

– Ouais, mais la différence, c'est qu'entre chaque verre j'ai bu un verre d'eau et j'ai transpiré sur la piste de danse. Et j'ai aussi mangé dix kilos de frites et un énorme burger, alors que vous, vous n'avez fait que picoler.

Ah... Boire, manger. Ouais, ç'aurait été une bonne idée. D'ailleurs, ce serait une bonne idée pour maintenant, aussi.

– C'était une soirée géniale. J'ai encore « Man in the Mirror » dans la tête. Le groupe était extra.

Elle éloigne le téléphone et passe sa commande.

– Ouais, c'était cool. Bref, revenons à nos moutons. Éloïse m'a dit qu'elle corrigeait les erreurs de Kidd. À l'entendre, ça fait un moment qu'elle le fait.

– Ah bon ? Hmmm.

– Ouais, et je crois qu'ils sont sortis ensemble, à une époque. Quand je lui ai dit qu'il allait se marier, elle a pris ses jambes à son cou. On ne fait pas ça, à moins...

– À moins d'être amoureuse sans que ce soit réciproque. Merde !

Wendy remercie quelqu'un et j'entends de nouveau le bruit de la circulation ainsi que sa respiration rapide, comme si elle marchait vite. Wendy fait toujours tout très vite, je me demande si c'est parce qu'elle a peur de rater quelque chose.

– Ouais, exactement, je réponds.

– Mais ça ne résout pas vraiment notre problème. Pire encore, Kidd semble de plus en plus coupable.

– Oui, je sais, j'acquiesce en me massant l'épaule.

– Il faut que tu le dises à Alexis. Elle pourrait enquêter, elle aussi, ou lui poser directement la question.

– Ouais, mais c'est ça, le problème. Peut-être qu'il a fait ces erreurs sans le vouloir. Ça expliquerait qu'aucune somme d'argent anormale ne soit apparue dans ses comptes. Peut-être que quelqu'un pirate le système depuis l'extérieur et que les erreurs de Kidd lui facilitent l'accès ?

– Peut-être. Je vais analyser les pare-feu pour voir ce que je trouve.

– Merci.

– De rien, boss. J'adore être en mission secrète, j'ai l'impression d'être une drôle de dame !

– Dans ce cas, salut ma p'tite dame.

– Bye, Charlie !

♦ ♦ ♦

Je sens une pression douce sur mon crâne et dans mes cheveux trop longs. Skyler adore passer ses doigts dans mes boucles naissantes. Je soupire et savoure la sensation, endormi, tandis que je la prends par la taille et l'attire sur mes genoux.

– Ooh ! glousse-t-elle d'une voix étrangement grave en se collant à moi. Parker...

Je penche sa tête en arrière pour l'embrasser sans ouvrir les yeux. Je souris en la serrant dans mes bras, puis je caresse son dos, profitant de sentir Skyler contre moi alors que je me réveille lentement. Bien évidemment, c'est la Bête qui se lève la première. Je soulève mon bassin et j'ai l'impression de basculer. Ah oui, je suis assis sur le fauteuil de bureau et je suis penché en arrière. Skyler s'empare de nouveau de ma bouche et m'embrasse langoureusement, et je lui réponds de tout mon être.

Mon Dieu, sa bouche m'a manqué. Je frotte ma verge contre son sexe chaud et elle gémit, mais cela semble lointain et différent. Sa voix est plus grave que d'habitude. Je remonte ma main dans son dos et remarque qu'elle est plus épaisse.

Comment est-ce possible?

Les néons blafards m'aveuglent et réveillent enfin mon cerveau lorsque j'ouvre les yeux.

Merde, Alexis! Assise sur mes genoux. Sa langue dans ma bouche.

Merde! C'est moi qui ai fait ça, c'est moi qui l'ai attirée à moi. Je la prends par la taille et je la pousse pour qu'elle libère ma bouche.

– C'est quoi ce bordel? je m'exclame en secouant la tête, essayant de me débarrasser des vestiges du sommeil.

Ma queue comprend tout de suite la situation et ramollit un peu.

– Tes lèvres sont aussi douces que je l'avais imaginé, dit Alexis en passant ses bras autour de mon cou.

Je déglutis et je sens son goût de café dans ma bouche. Elle est toujours sur mes genoux, et mon corps ne semble pas pouvoir lui résister.

– Alexis, tu es très belle et très sexy. N'importe quel homme te désirerait...

– Génial, parce que c'est toi que je veux! s'exclame-t-elle en souriant.

Elle plaque sa bouche sur la mienne et j'ai une seconde de faiblesse. Ma langue trouve la sienne et elles se tournent autour. Elle gémit et colle ses gros seins sur mon torse tandis que ma main descend sur ses fesses. La Bête se réveille de nouveau et je me frotte à elle.

Je passe plusieurs minutes à embrasser Alexis en y déversant toute ma colère, ma haine et mon dégoût des actes de Skyler. Je reprends le contrôle. J'embrasse enfin cette femme superbe qui m'a tourné autour toute la semaine, et c'est moi qui ai les rênes.

Mais lorsqu'Alexis empoigne ma ceinture, la réalité me rattrape. Elle parvient à la défaire, à déboutonner mon pantalon et à baisser ma braguette. Je pousse un grognement et soulève mon bassin, me laissant aller. Toutefois, quand elle empoigne ma verge, j'ai comme un électrochoc. Je crie et pousse Alexis en arrière pour me lever et reboutonner mon pantalon.

Elle s'assoit sur la table, parfaitement détendue, un sourire en coin sur ses lèvres enflées.

Je passe ma main sur ma bouche, essayant de me débarrasser de son goût, mais il va me falloir plus que ça pour l'oublier.

Je fais les cent pas en me tirant les cheveux.

– Putain, putain, putain !

– Ne sois pas triste, on a encore le temps, ricane-t-elle

– Alexis..., je soupire en me tournant vers elle.

– Si tu es sur le point de dire que c'est toi, et pas moi, je vais pleurer, beau gosse. Les hommes ne me disent pas non. Jamais. Et ton érection prouve que j'ai raison.

Mon manque de sommeil pèse sur mes épaules et je rêve de me laisser tomber dans un lit. Mon corps souffre, mais c'est le vide dans mon cœur qui m'anéantit. Mon manque de Skyler me paralyse.

– Alexis, je suis désolé. Quand j'ai dit que je sortais d'une relation, je voulais dire qu'il y a une semaine, j'étais amoureux d'une femme et que c'était sérieux. Maintenant... merde, je ne sais pas. Je ne sais pas où on en est. Ce serait injuste de faire quoi que ce soit avec toi tant que ce n'est pas réglé avec elle. Tu comprends ?

Elle ferme les yeux et croise les bras, puis les jambes.

– Je suppose, oui, mais ce que je te propose n'est que physique, deux corps qui se réunissent pour une nuit de passion. Personne ne le saura...

Je pousse un grognement et pose ma main sur mon ventre.

– Moi si.

– Mince, je me suis vraiment trompée sur ton compte. Je ne sais pas pourquoi, je pensais que tu vivais pour le sexe. Tu transpires ça, en fait. Je suis déçue de savoir que toute cette énergie sexuelle est gâchée pour quelqu'un qui ne veut pas de toi.

– Ça ne change rien au fait que je l'aime toujours.

– Oui, mais tu es ici, avec moi, et pendant quelques secondes, tu bandais pour moi.

Je gonfle mes poumons et me force à respirer lentement pour me calmer.

– Comme je te l'ai dit, je te trouve belle et...

– Et je pourrais te faire oublier ton chagrin d'amour si tu le voulais, du moins jusqu'à ce que tu rentres chez toi.

– Je ne crois pas, non, je réponds en secouant la tête.

– C'est dommage, soupire-t-elle. J'espérais vraiment une aventure sauvage avec un bel Américain.

– Je suis désolé si je t'ai laissée croire que j'étais intéressé, je dis en souriant et en la regardant dans les yeux.

– Mais non, chéri, tu as été très clair, ne t'en fais pas.

Venant d'elle, le mot *chéri* me fait frissonner. La seule femme que je veux entendre dire ça est Skyler, et soudain, j'ai peur que ce ne soit plus jamais le cas. Mon estomac se noue et je déglutis, essayant de garder le contrôle de mes émotions. J'ai besoin de dormir, de boire de l'eau et de manger, et pas forcément dans cet ordre.

– Je suppose que je ne suis pas habituée à ce qu'un homme me dise non. Je suis désolée si j'y ai été un peu fort, dit-elle en souriant.

– Non, tu ne l'es pas...

– Non, c'est vrai, admet-elle avec un clin d'œil.

– Je peux te poser une question ?

– Est-ce qu'elle commence par « Tant pis, j'avais tort, est-ce que je peux te raccompagner chez toi ? ».

– Alexis, pourquoi tu fais ça ? Pourquoi tu joues à ce petit jeu ?

– Quel jeu ? répond-elle, faisant mine de ne pas comprendre.

– Tu n'es pas obligée de faire ça, je dis en désignant sa tenue. Tu n'es pas obligée de draguer de façon aussi éhontée et sans relâche.

– Et pourquoi je ne le ferais pas si ça me permet d'obtenir ce que je veux plus vite qu'avec mon esprit ? Et si c'est moi qui décide des règles, c'est moi qui choisis la récompense. Parfois, c'est une nuit torride avec un Américain canon, parfois c'est d'être perçue comme un objet. Comme ça, pendant que mes concurrents sont occupés à mater mes seins et mon cul, je rachète les parts de leur entreprise, je m'empare de leurs produits et, en fin de compte, je m'assure un avenir brillant !

– Alexis... ce genre de jeu n'est pas la meilleure façon d'y parvenir, je réponds en fronçant les sourcils tandis que je réalise que par le passé, j'aimais moi aussi m'amuser comme ça.

– Ah non ? Même si c'est toujours moi qui gagne ? Ce n'est pas de ma faute si les hommes me voient comme une poupée sans cerveau. C'est de leur faute s'ils pensent avec leur queue et pas leur tête pendant nos négociations commerciales. Et franchement, ça marche à chaque fois, dit-elle en désignant son corps des pieds à la tête. J'accepte rarement d'incarner leur fantasme au pieu, mais c'est toujours moi qui le choisis. C'est ma décision. Mon jeu. Et c'est toujours moi qui gagne.

– Pas cette fois, ma belle.

– Peut-être qu'il me faut revoir le déroulement de la partie pour comprendre où j'ai fait un faux pas... à moins qu'il y ait encore une chance que je l'emporte ?

– Aucune, je réponds en riant. Allez, sors d'ici. Va embêter un autre innocent.

– Ça ne sera pas difficile, ton collègue est loin d'être moche.

Je secoue la tête et prends ma veste sur le canapé.

– Non, c'est vrai, et il comprend parfaitement ton petit jeu, parce qu'il a les mêmes règles que toi.

Elle tapote sa bouche rougie, et ma poitrine se resserre en me disant que c'est moi qui ai effacé son rouge à lèvres.

– C'est bien moins amusant.

– Non, c'est vrai, mais c'est honnête, au moins. Penses-y la prochaine fois que tu choisis une nouvelle cible. Ils méritent de savoir dans quoi ils se lancent.

Son sourire disparaît et elle fronce les sourcils.

– J'y penserai, répond-elle d'un ton qui me paraît sincère.

Après avoir traversé l'entrepôt et être descendu dans la rue, j'appelle un taxi et je regarde défiler les immeubles en rentrant à l'hôtel. Wendy a raison d'être enthousiaste en découvrant la ville. Le mélange des styles anciens et modernes donne un aspect unique à Montréal qui est un véritable plaisir pour les yeux.

Je regarde par la fenêtre, mais ma vue devient floue quand je pense à Skyler.

Qu'est-ce qu'elle fait en ce moment ?

Est-elle triste ?

Est-ce que je lui manque encore ?

Ça fait des jours que je n'ai pas reçu de nouveau message.

Qu'est-ce je suis censé faire, maintenant ?

Arrivé dans ma chambre, je jette ma veste sur le fauteuil et j'enlève mon pantalon et mes chaussures. Je déboutonne ma chemise, je soulève la couette et je me glisse en boxer dans le lit. J'éteins la lumière et j'attrape la télécommande pour allumer la télé, tombant directement sur les informations people du jour.

Le visage de Skyler apparaît à l'écran aux côtés de Tracey. Quelqu'un met un micro devant sa bouche. Elle a des cernes et elle a l'air fatiguée tandis qu'elle dégaine le faux sourire qu'elle réserve aux paparazzis.

– Et comment va SkyPark ? demande un journaliste.

Je m'assois dans le lit et retiens mon souffle en attendant sa réponse.

– Merveilleusement bien. Il est en voyage d'affaires, en ce moment, mais j'ai hâte qu'il rentre.

Un brouhaha de questions retentit aussitôt et Skyler les laisse parler jusqu'à ce qu'un journaliste parle plus fort que les autres.

– Et que sera la première chose que tu lui diras lorsque tu le verras ?

Skyler ferme les yeux et je peine à respirer en voyant sa souffrance. Lorsqu'elle les rouvre, ils sont étincelants, je rêve de voir ça tous les matins en me réveillant. Elle plonge son regard sur la caméra et j'ai l'impression que c'est moi qu'elle voit.

– Quand je verrai Parker, je lui dirai combien il m'a manqué et que je l'aime plus que tout au monde.

Il me manque.

Je l'aime.

Plus que tout.

Je l'aime plus que tout au monde.

Elle m'aime. Skyler m'aime. Skyler m'aime, et elle vient de l'admettre sur une chaîne nationale, devant le monde entier.

Waouh.

CHAPITRE 8

J'ai la tête à l'envers. Je n'ai pas pu fermer l'œil depuis que j'ai vu Skyler à la télé.

Comment je suis censé réagir ?

Skyler m'aime.

Elle m'aime.

Le bonheur que suscite son aveu embrase mon sang et me réchauffe jusqu'à la moelle.

Skyler m'aime.

Ma nana a admis sur une chaîne nationale qu'elle était amoureuse de moi. Je me mets à faire les cent pas, vivifié, ne sachant pas quoi faire de toute l'énergie qui vrombit en moi. Je me sens électrisé.

La porte qui connecte ma chambre à celle de Wendy s'ouvre brusquement.

– Mon Dieu ! Il faut que tu regardes cette interview de... commence-t-elle en tenant son ordinateur ouvert, prête à lancer le segment.

Je secoue la tête et lève la main pour l'empêcher d'approcher.

– Je l'ai déjà vu. Je l'ai regardé hier soir.

Elle écarquille les yeux qui semblent encore plus bleus que d'habitude.

– Alors tu sais ? chuchote-t-elle d'une voix émue.

– Qu'elle m'aime ?

Le poignard planté dans mon cœur depuis une semaine semble avoir disparu, je respire enfin un peu.

Wendy hoche la tête et ferme son ordinateur.

– Oui. Mon Dieu, Park, c'est génial ! s'exclame-t-elle alors que son regard s'illumine. Tu vois, je t'avais dit qu'elle t'aimait, s'écrie-t-elle en souriant.

Quelqu'un frappe à ma porte et, comme ça ne peut être que mes collègues, je l'ouvre sans regarder et me remets à faire les cent pas.

Pourquoi admettrait-elle cela à la télé ?

En quoi ça change ce qui se passe entre nous ?

– Bon sang, frangin, commence Royce d'une voix douce.

Son expression pleine de pitié me dit qu'il a vu la télé, lui aussi, et qu'il s'attend à ce que je pète un câble. Cela dit, c'est bien ce qu'il se passe. Entre l'aveu de Skyler et la culpabilité que je ressens après ce qui s'est passé avec Alexis, hier, je n'ai aucune chance de rester zen.

– Frérot... tu n'imagineras jamais ce que je viens de voir ! s'exclame Bo en riant et en fermant la porte derrière lui.

Mes trois collègues me regardent comme s'ils attendaient que je m'effondre.

– Les mecs... je...

J'oublie ce que je voulais dire alors que la question la plus importante, celle qui m'a paralysé toute la semaine, revient à mon esprit.

– Est-ce qu'il se peut qu'elle ne m'ait pas trompé ? Vous connaissez mon passé... je dis en refaisant les cent pas dans le peu d'espace qu'il me reste après l'arrivée de mes amis.

– Euh, j'ai un aveu à te faire... dit Wendy en levant la main.

– Euh, ouais, moi aussi, frérot... ajoute Royce en se raclant la gorge.

Il bascule d'avant en arrière sur ses talons, les mains dans les poches. Je l'ai vu faire ça des centaines de fois et je sais ce que cela signifie : il a un secret et il est mal à l'aise.

– Il est hors de question que vous commenciez, gronde Bo d'une voix angoissée.

Ils se mettent à se chamailler devant moi, bruyamment, comme si je n'étais plus dans la pièce.

– C'est moi qui dois le lui dire avant, s'écrie Wendy en tapant du pied comme une enfant.

– Non, c'est mort. Mon pote mérite de l'entendre de ma bouche, n'est-ce pas ? répond Royce.

– Absolument pas, gronde Bo. Je le connais depuis plus longtemps...

– Tu l'as rencontré une heure avant moi, rétorque Royce en croisant les bras sur son torse musclé.

– Et moi, je suis la dernière arrivée, il pourrait me virer, s'exclame Wendy.

– On ne le laissera pas te virer, répond Royce.

– T'en fais pas, chipie, je prendrai soin de toi si tu es au chômage. Et tu pourras me remercier en nature, si tu vois ce que je veux dire, lance Bo en jouant des sourcils.

– T'es dégoûtant ! Ce n'est pas le moment de plaisanter, gronde Wendy en rougissant.

Je décide que j'en ai assez entendu.

– Vous voulez bien vous taire, tous les trois ? Bon sang, j'ai besoin de mes amis, là. La femme que j'aime et qui m'a trompé avec son ex, avec qui elle a passé la nuit, pour qui elle a mis sa vie en danger et dont elle a payé les dettes, vient d'avouer à la télé qu'elle est amoureuse de moi. Et... j'ai embrassé Alexis hier soir.

Dans un même mouvement, ils tournent la tête vers moi et me dévisagent. Wendy est choquée, Royce surpris et Bo agacé.

– Quoi ? s'exclament-ils à l'unisson.

– Comment t'as pu faire ça ? gronde Wendy, l'air aussi vexée que si c'était elle que j'avais trompée.

– Roh, mec... t'as merdé, ajoute Royce.

– Tu t'es tiré une balle dans le pied sur ce coup-là, dit Bo. Figure-toi que je voulais Alexis pour moi tout seul !

Je me laisse tomber sur le lit et prends ma tête dans mes mains. J'ai honte, je me sens coupable et j'ai peur. Mais soudain, sortie de nulle part, une vague de joie et d'excitation s'empare de moi lorsque je réalise ce que Skyler a dit. Elle m'aime aussi.

Je devrais être aux anges.

Je devrais crier ma joie sur tous les toits.

Je devrais tomber à genoux et remercier le Ciel de m'avoir aidé à trouver ma perle rare.

Mais je ne peux pas.

Comment peut-elle m'aimer et me tromper ?

Wendy se met à genoux devant moi et prend mon bras dans ses mains.

– J'ai échangé des messages avec Skyler, admet-elle d'une voix tremblante. Je... je lui ai demandé si elle t'avait trompé.

– Et... Et qu'est-ce qu'elle a dit ? je demande d'une voix faible.

Je me déteste d'avoir autant besoin de savoir, d'être aussi désespéré d'entendre sa réponse. Je ne peux pas m'empêcher d'espérer que j'ai eu tort et qu'elle ne m'a pas trompé. À ce stade, je suis tellement anéanti que je préférerais passer ma vie à supplier Skyler de me pardonner plutôt que de vivre sans elle et sans son amour.

Wendy se lèche les lèvres et plonge ses yeux dans les miens. Elle a l'air petite, fragile et sincère.

– Elle m'a juré qu'elle ne t'avait pas trompé.

Une larme coule sur chacune de ses joues. J'essuie l'une puis l'autre tandis que Roy se racle la gorge.

– Elle m'a dit la même chose. Sauf que je l'ai appelée.

– Tu lui as parlé ? je demande en levant brusquement la tête.

– Oui, hier. Après notre soirée dans le bar. Je n'ai pas pu m'en empêcher. Tu souffres trop, mon frère. Et ça me tue de te voir comme ça tous les jours. J'étais en colère de voir l'emprise qu'elle a sur toi. Et je lui en voulais de te briser le cœur. Je voulais qu'elle souffre, lui dire qu'elle a tout gâché.

– Et ?

– Elle a admis qu'elle a été à l'hôtel de Johan pour régler le problème elle-même. Elle m'a promis qu'elle ne t'avait pas trompé. Je la crois, mec, mais je ne vais pas te répéter ce qu'elle a dit. Tu dois l'entendre de sa bouche, directement.

Je ferme les yeux, soulagé à l'idée qu'elle ne m'a peut-être pas trompé.

– Toi aussi ? je demande à Bo en rouvrant les yeux.

– Ben, je me suis dit que comme elle était libre, je pouvais lui proposer un rencard, dit-il en mettant ses mains dans ses poches.

J'éclate de rire. Bo a toujours su qu'un des meilleurs moyens de me remonter le moral était de raconter des blagues. Royce le frappe sur la tête, si vite que personne ne le voit venir.

– Aïe ! gronde Bo. Je déteste quand tu fais ça, tu gâches ma coiffure parfaite.

– On verra si elle reste parfaite quand je t'aurai mis un bon coup de pied aux fesses ! Dis-lui la vérité au lieu de plaisanter, tu ne vois pas qu'il souffre ?

Bo se frotte la tête et plonge son regard dans le mien.

– Elle m'a appelé et j'ai répondu. Elle voulait savoir comment tu allais.

– Et qu'est-ce que tu lui as dit ? je chuchote.

– Je lui ai dit que tu allais très bien. Mieux que jamais, répond-il d'une voix hautaine.

– C'est vrai ?

– Mais non ! Je lui ai dit que tu souffrais. Que tu étais furax. Et je lui ai dit que si j'apprenais qu'elle t'avait trompé, je trouverais un moyen de le lui faire payer.

Je le fusille du regard et ferme le poing en me redressant, prêt à attaquer. Je sens la colère couler dans mes veines et une bouffée de chaleur m'envahit.

– Tu n'as pas vraiment dit ça à ma nana ? je m'exclame.

– Si, bien sûr que si ! Parce que quand elle t'a blessé, elle nous a fait du mal, à nous tous. On l'a tous accueillie à bras ouverts et elle nous a trahis. Je voulais qu'elle le sache et qu'elle souffre à son tour.

– Putain ! je gronde en me passant la main dans les cheveux. C'est une catastrophe.

– Absolument, acquiesce Royce. Maintenant, si tu nous disais pourquoi tu as embrassé Alexis Stanton ? À quoi pensais-tu ? ajoute-t-il sans pouvoir cacher sa déception.

– Il ne pensait pas justement, ricane Bo. En tout cas, pas avec sa tête.

– Laisse la Bête en dehors de ça, je gronde.

– Beurk... la Bête ? répète Wendy d'un ton dédaigneux en faisant mine de vomir.

Elle se met à caresser ma cuisse et un silence s'installe dans la pièce tandis que je réfléchis aux raisons qui m'ont poussé à céder.

– Je ne sais pas pourquoi je l'ai embrassée. Elle n'a pas arrêté de me draguer depuis que je suis arrivé. Et sur le moment, j'étais vulnérable, d'accord ? Skyler me manquait, j'avais la gueule de bois, je me sentais perdu et fatigué. Bon sang, l'ancien moi lui aurait sauté dessus sans perdre une seconde. Cette femme est canon et elle respire le sexe...

– C'est vrai, admet Wendy en hochant vigoureusement la tête. Je ferais n'importe quoi pour avoir son corps. Et puis, elle est hyperintelligente.

– Je veux bien admettre qu'elle est belle, soupire Royce. Mais ce n'est pas une excuse pour lui céder, surtout si tu as l'intention d'appeler Skyler. T'aurais pas dû faire ça, frangin. Parce que si tu règles cette histoire avec Sky, et je suis sûr que ce sera le cas, tu vas devoir lui dire la vérité à propos d'Alexis.

Je pousse un grognement, horrifié de devoir admettre mon moment de faiblesse. En même temps, si Skyler ne m'avait pas trahi, ce ne serait jamais arrivé !

– Ouais, je sais. Je gérerai ça en temps voulu. Pour l'instant, je dois décider ce que je vais faire avec Skyler.

Bo soupire bruyamment en jouant avec sa barbichette.

– Surprends-la une nouvelle fois. Fonce à New York à la fin de la mission et réglez ça une bonne fois pour toutes. Et si, après lui avoir parlé, tu es encore convaincu qu'elle t'a trompé, alors dis-lui au revoir. On sera là pour toi.

Il me tend son poing et je le frappe.

– On te soutiendra, quoi que tu décides, ok ? dit Royce en imitant le geste de Bo.

Wendy se lève et prend ma main dans la sienne en se redressant sur les genoux.

– On est avec toi, dit-elle avant de m'embrasser sur la joue.

Je la serre contre moi et je la laisse m'aider à me relever. Je regarde mes trois amis, j'ouvre les bras. Wendy se blottit contre moi d'un côté, Bo vient de l'autre.

– Tu sais bien que je ne rate jamais une occasion de peloter quelqu'un, plaisante-t-il en tapotant mon épaule.

Quant à Royce, il lève les yeux au ciel sans bouger.

– Tu vas vraiment m'obliger à faire ça ?

– Allez, frangin. C'est un câlin de groupe. Sacrifie-toi.

– Ce fichu groupe. Je suis toujours en train de me sacrifier pour le groupe, marmonne-t-il tout en venant vers moi, baissant la tête de sorte que nos fronts se touchent.

Wendy le prend par la taille et nous serre contre elle, son parfum de noix de coco nous enveloppe.

– J'ai toujours rêvé de faire du football américain. C'est ce qu'ils font quand ils se mettent en cercle, non ? ricane Bo.

– Chut, tu gâches le moment, je gronde. Je voulais juste vous remercier. Du fond du cœur. Merci.

◆◆◆

– C'est ridicule ! Mon frère ne pourrait jamais se tromper au point de mettre en péril un lancement de produit et nous faire perdre des millions de dollars.

– Je te dis seulement ce que mon équipe a trouvé jusqu'ici. C'est à toi de décider ce que tu feras de l'information. On n'a pas fini, loin de là, mais voilà où nous en sommes.

– Vous accusez mon petit frère ! s'exclame Alexis en faisant les cent pas dans son bureau.

Elle appuie ses mains sur le dossier du canapé où Bo est assis.

– Alexis, on ne dit pas que ton frère cherche délibérément à te faire du mal. Comme je te l'ai dit, nous n'avons rien trouvé dans les comptes bancaires de tes employés, y compris dans ceux de Kidd, qui pourrait indiquer que quelqu'un l'aurait payé pour commettre ce vol. Toutefois, je ne peux pas ignorer les bugs du système et les erreurs que Wendy a trouvées et qui ressemblent à l'écriture de ton frère.

– Je suis la mieux placée pour le savoir et il me faudra voir les preuves de mes propres yeux. Je veux connaître les localisations précises.

Pour la première fois depuis que je l'ai rencontrée, le regard d'Alexis est perçant et sa voix est stressée. Elle n'est clairement pas contente que l'on suggère que son frère puisse être responsable des fuites.

– On s'y attendait, je réponds en me levant pour poser ma tablette sur son bureau. Wendy t'a noté les endroits précis qu'elle a trouvés. Mais il y a un autre problème.

– Qu'est-ce que c'est ?

Elle allume son ordinateur portable et ouvre le back-end en regardant ma tablette.

– Apparemment, Éloïse Gagnon a trouvé un tas d'erreurs dans le système, et elle les a effacées sans rien dire.

– Pourquoi ferait-elle ça ? demande Alexis sans quitter des yeux l'écran noir sur lequel s'affichent des lignes de lettres et de chiffres.

– J'ai l'impression qu'ils sont sortis ensemble et qu'elle tient encore à lui. Elle n'a pas été ravie d'apprendre qu'il allait se marier.

– Bien sûr que non, rouspète Alexis. Je les ai séparés il y a environ deux ans.

– Comment ça ?

– Ils sont sortis ensemble quand Kidd a commencé à travailler ici, mais il était jeune et bête. Il pensait avec sa queue et pas avec sa tête.

– On ne peut pas lui en vouloir, pauvre jeune, ricane Bo.

– Pauvre jeune ? répète Royce. Tu es mal placé pour dire ça, non ?

– C'est vrai, répond Bo en riant. Mais j'ai mûri, quand même.

Royce grimace.

– J'attends de le voir pour le croire.

– On ne vous dérange pas ? je gronde en fusillant mes collègues du regard.

Ils écarquillent les yeux et Royce fronce les sourcils, agacé d'avoir été surpris manquant de professionnalisme. Il est fier de son sens du devoir et il est particulièrement sensible à ce sujet depuis l'histoire avec Rochelle. Cependant, je ne peux pas lui en vouloir, dans ces circonstances. Alexis fait tout pour créer une atmosphère détendue au travail et il ne faut pas oublier le nombre d'avances qu'elle m'a faites. Toutefois, depuis que nous avons parlé hier, elle semble avoir compris qu'il ne se passerait rien entre nous.

D'ailleurs, ça me fait penser que je dois encore parler à Skyler et j'ai hâte que cette mission soit finie pour le faire. Comme l'a suggéré Bo, je vais me pointer à sa porte, à New York, et exiger des réponses. Et si elle veut qu'on ait une chance d'avoir un avenir ensemble, je l'obligerai à m'écouter et à me raconter en détail ce qui s'est passé avec Johan.

Un avenir ensemble.

Mon cœur bat plus vite. Je suis à deux doigts d'avoir les réponses à mes questions. Il faut juste que je termine cette mission. J'ai déjà envisagé de laisser mon équipe finir sans moi et de prendre le prochain vol pour New York, mais ce ne serait pas bien. Je ne peux pas les abandonner alors qu'on est sur le point de boucler la mission et d'avoir un autre client satisfait.

– Quand tu dis que tu les as séparés, comment Kidd l'a-t-il pris ?

– Très bien, répond-elle en haussant les épaules. Il passait son temps à suivre Éloïse comme un petit chien. Elle est plus âgée que lui et elle avait une trop grande emprise sur lui, alors j'y ai mis fin. J'ai changé Éloïse de département et j'ai suggéré à mon frère qu'il la quitte s'il prenait son boulot au sérieux. C'est lui qui a pris la décision et il n'est jamais revenu en arrière. Pour être honnête, j'ai été fière de lui.

– C'est intéressant, je dis en penchant la tête sur le côté pour détendre mon cou.

– Pourquoi ça ? demande Alexis sans quitter son écran des yeux.

Je croise les bras en protégeant ma main. J'ai beaucoup moins mal, mais je vais devoir garder le strap encore un bon moment.

– Elle dit qu'elle corrige ses erreurs parce qu'elle croit qu'il est déconcentré par sa copine.

– Ah bon ? J'en doute, ricane Alexis. Kidd est encore meilleur depuis qu'il a rencontré Victoria et il fait tout pour ne pas faire les mêmes erreurs que par le passé. Je crois même qu'il est encore plus sérieux au travail parce qu'il veut assurer son avenir et être en mesure de fonder une famille avec Victoria.

– Est-ce que je me trompe en en déduisant que tu adores Victoria ?

– Pas du tout, elle lui fait beaucoup de bien. Il est plus passionné et il a hâte de rentrer chez lui à la fin de la journée, ce qui satisfait sa muse. J'aime beaucoup cette fille, je la vois un peu comme une petite sœur. Je suis ravie qu'il l'ait rencontrée.

– Et toi, qu'est-ce qui satisfait ta muse ? je demande, conscient du risque que je prends.

– Le sexe sans attaches, répond-elle en souriant et en me regardant par-dessus son épaule.

A-t-elle retenu quoi que ce soit de notre conversation ?

Bo intervient avant que je n'aie le temps de répondre.

– Je veux bien me sacrifier pour la bonne cause, dit-il.

Royce et moi éclatons de rire, mais Roy me devance.

– Assieds-toi, espèce d'andouille. Tu ne l'intéresses pas.

Alexis se retourne sur sa chaise et regarde Bo des pieds à la tête.

– Oh, je n'ai pas dit ça, répond-elle en enroulant une mèche de cheveux autour de son index. Je préfère courir après ma proie plutôt qu'on me la serve sur un plateau d'argent, mais comme il ne veut pas jouer... dit-elle en me désignant, je peux sans doute me laisser persuader.

– Alors je suis tout à toi, ma douce, ronronne Bo en soufflant un baiser à notre cliente.

– Que Dieu nous préserve... je soupire.

S'il y a bien quelque chose que j'ai appris à San Francisco, c'est à ne pas me mêler des histoires de cœur de mes amis. Ainsi, je ne dirai rien à propos d'Alexis et Bo. S'ils veulent baiser jusqu'à la fin de la mission, soit. Au moins, elle a compris que je ne céderai pas à son charme.

Alexis regarde de nouveau son écran et fronce les sourcils.

– Qu'y a-t-il ? je demande en posant une fesse sur son bureau.

– Le code ressemble à celui de Kidd, mais quelque chose cloche. Il va me falloir un peu plus de temps pour comprendre ce qui ne va pas.

– D'accord, alors on te laisse faire. J'ai encore deux employés à interviewer. Wendy est en train de voir s'il y a un lien entre les fuites et les virus. Royce, si tu veux rentrer à l'hôtel et travailler sur nos autres missions...

– Ouais, avec plaisir. On a une touche avec quelqu'un à Londres, sans parler des derniers résultats que Sophie m'a envoyés.

Sophie.

Merde. J'ai été tellement pris par le travail et par cette histoire avec Sky que j'ai complètement oublié de prendre de ses nouvelles pour savoir si Gabriel l'a demandée en mariage. Peut-être est-ce le cas, depuis le temps, mais j'ose espérer qu'elle m'aurait appelé pour me le dire.

– Bo, à toi de jouer. Lâche ton côté taré pendant la réunion avec l'équipe marketing. Peut-être que quelqu'un commettra une erreur.

Bo sourit et ajuste sa veste.

– Avoir l'air taré est ma spécialité.

CHAPITRE 9

– Explique-moi ce que tu as trouvé qui a scotché Alexis à son clavier.

Je me masse le front en penchant mon fauteuil en arrière. À la fin de la journée, je suis descendu au département informatique et j'ai trouvé Bo et Wendy en train de se chamailler à propos de notre mission. Apparemment, nous sommes les derniers, avec Alexis, à être encore au travail.

Deux jours ont passé et nous n'avons guère avancé. Royce rentre à Boston demain, car sa partie est finie. Bo a rendu fous les gars de l'équipe marketing en exigeant une application impossible, donc tout le monde ici le déteste. Tout le monde, à part Alexis. Apparemment, une fois que Bo est rentré avec elle, elle a complètement oublié qu'elle voulait me séduire. Maintenant, elle passe son temps à draguer Bo pour remettre le couvert. Il faut croire qu'elle aime les tarés comme lui.

– Je ne suis pas d'accord, dit Wendy en fusillant Bo du regard.

Il soupire et appuie son menton sur le dossier de la chaise qu'il chevauche à l'envers.

– C'est quoi le problème ? je demande en posant mes pieds sur le bureau devant moi.

– Je pense que c'est Kidd le coupable, déclare Wendy, et je me base sur le code qu'il a rédigé aujourd'hui. Il a laissé de sérieux vides, si gros que n'importe quel pirate qui se respecte pourrait les exploiter et voler tous les logiciels de la boîte.

– Comment ça ?

Elle désigne l'ordinateur et je me lève pour étudier les lignes de chiffres et de lettres. Hélas, j'ai fait des études de commerce, pas d'informatique.

– Ma petite souris, il va falloir m'expliquer ce que je suis censé voir.

– Je te dis, Wendy, insiste Bo, que Kidd n'a rien fait. Plus vite tu me croiras et tu commenceras à chercher ailleurs, plus tôt on trouvera le vrai coupable. Tu as parlé de cette nana bizarre, Élo quelque chose...

– Éloïse, je réponds.

– Ouais, elle, acquiesce-t-il en claquant des doigts.

– Son code n'a rien à voir avec celui de Kidd, grogne Wendy.

– Écoute-moi, tu veux ? Je comprends qu'elle n'ait pas la même empreinte, mais voilà ce que je pense. Elle sortait avec Kidd, avant, n'est-ce pas ?

– Ouais, je t'écoute, soupire Wendy en tapant sur son clavier.

– Tu ne me regardes pas, rétorque Bo.

– Je fais deux choses à la fois, espèce d'abruti, râle-t-elle. Allez, dépêche-toi de dire ce que tu veux dire.

– Eh bien, Alexis a dit qu'elle a poussé Kidd à rompre avec Éloïse, et qu'il l'a fait. Peut-être qu'après tout ce temps, elle est toujours amoureuse de lui. Or toi, Parker, tu lui as annoncé qu'il épousait sa nouvelle copine, qu'elle a avoué ne pas apprécier, et elle est partie aussi vite que possible.

– Je t'écoute, je dis en fronçant les sourcils, mais je ne vois pas le rapport.

– Peut-être qu'elle a encore une dent contre Alexis et qu'elle aime toujours Kidd, conclut Bo en tirant sur son bouc.

– Si c'était vrai, elle ne nous aurait pas parlé de ses erreurs, je réponds.

– Sauf qu'elle n'en a parlé que lorsqu'on est arrivés et qu'elle a eu peur pour ses fesses. Sans nous, Alexis n'aurait rien su des prétendues erreurs de son frère. Est-ce qu'il te semble capable de faire les fautes dont Éloïse l'accuse ?

– Pas vraiment, non, dit Wendy en se tournant vers nous. Il est très concentré et passionné. Et il adore sa sœur. Je ne pense pas qu'il soit capable de se donner à moins de cent pour cent, mais ça ne change rien au fait que l'écriture informatique ressemble à la sienne.

Mon cerveau envisage toutes sortes de possibilités, mais aucune ne me semble crédible. C'est comme si la réponse était juste sous nos yeux mais qu'on ne la voyait pas. Je n'ai qu'une seule pensée : rentrer à New York et affronter Skyler à propos de sa nuit avec Johan.

Le téléphone de Wendy sonne et elle décroche en mettant le haut-parleur.

– Parker, Bo et moi vous écoutons. Vous avez trouvé quelque chose ?

– Plein, en fait, répond Alexis. Le code ressemble à celui de Kidd, mais pas tout à fait. Il y a une différence subtile que j'ai du mal à identifier mais que je n'ai jamais vue auparavant. Je crois que quelqu'un fait tout pour que les erreurs aient l'air de venir de lui.

– Chipie, envoie-lui un morceau de code d'Éloïse pour qu'elle compare les deux, dit Bo.

– Ça roule, répond Wendy en tapant à toute vitesse sur son clavier.

– Je te déconseille de faire ça, espèce d'idiote ! gronde une voix menaçante près de la porte.

Nous nous tournons tous les trois et découvrons Éloïse dans l'embrasure de la porte. Ses bras sont tendus devant elle et elle tient un pistolet dans les mains. Elle tire sur un des ordinateurs qui vole en éclats.

– Tout le monde debout ! hurle-t-elle.

On se dépêche de se lever et j'essaie de faire le tour du bureau pour me mettre devant Wendy.

– Ne bouge pas !

Je me fige sur place, mon cœur se met à battre la chamade.

– Excuse-moi, Éloïse, je ne voulais pas t'énerver.

– Toi ! aboie-t-elle en pointant le flingue sur moi.

– Non ! crie Wendy.

– Ferme-la ! hurle Éloïse en agitant le pistolet dans sa direction.

– Eh, ma belle, inutile de nous menacer avec ton flingue, dit Bo de sa voix la plus charmante.

Éloïse écarquille les yeux et rougit, furieuse. Sans prévenir, elle pointe le flingue sur Wendy et tire.

– Non ! je hurle alors que Bo se jette sur Wendy pour intercepter la balle, mais c'est trop tard.

Elle est touchée sur le côté droit de la poitrine et son chemisier jaune se couvre aussitôt de rouge. Elle écarquille les yeux et, une seconde plus tard, elle tombe contre le bureau et s'effondre par terre. Elle reste immobile, sa main pâle sur sa blessure, d'où coule un flux continu de sang. Bo se précipite à ses côtés et s'agenouille pour appuyer sur sa poitrine et ralentir le saignement.

– Wendy, bébé, non ! s'écrie-t-il en se penchant sur elle.

Je m'apprête à les rejoindre, mais Éloïse tire de nouveau et je m'arrête net, stoppé par une vive douleur à l'épaule.

– Putain ! je m'exclame en me tenant le bras.

Je baisse les yeux et vois une éraflure horizontale où la balle m'a touché, arrachant des bouts de ma veste, de ma chemise et de chair. J'appuie la main dessus, reconnaissant qu'elle ne m'ait touché qu'au bras.

– Je t'ai dit de ne pas bouger ! Pourquoi vous ne m'écoutez pas ? Personne ne m'écoute ! D'abord Kidd, puis Alexis, et maintenant vous trois ! s'écrie Éloïse en agitant son flingue comme la cinglée qu'elle est.

Je lève les mains en signe de capitulation et j'essaie de lui parler d'une voix douce alors que ma seule envie est d'aller voir Wendy.

– Allez, chipie, reste avec moi... marmonne Bo d'une voix angoissée. Il lui faut une ambulance ! Elle perd beaucoup de sang et elle a du mal à respirer.

Je tourne la tête et vois de la mousse rose sortir de la bouche de Wendy, je n'ai jamais eu aussi peur de ma vie.

– Je t'écoute, Éloïse, je dis calmement.

Elle éclate d'un rire vide de toute émotion.

– Faut croire que vous m'avez percée à jour, hein ?

– Pas vraiment non. On a seulement compris que tu étais impliquée d'une façon ou d'une autre.

– Vous êtes qui, d'ailleurs ? Comment vous vous connaissez, tous ? demande-t-elle en pointant de nouveau son flingue sur moi.

Je fais de mon mieux pour me concentrer et répondre, même si je crains pour la vie de Wendy.

– On travaille tous les trois à Boston. Alexis nous a appelés pour enquêter sur les fuites.

– Waouh, alors cette pimbêche a engagé toute une équipe pour comprendre ce que moi, pauvre petite développeuse, je faisais à son système informatique. Eh ben, c'est un sacré compliment ! s'exclame-t-elle en éclatant de rire.

Je fais quelques pas en avant et me penche sur le bureau pour me rapprocher d'elle. Il faut que je trouve un moyen de lui enlever ce flingue et d'appeler de l'aide pour Wendy.

– Park... Elle va mal. Il nous faut des secours ! s'écrie Bo d'une voix anxieuse.

– Je t'ai dit de te taire ! siffle Éloïse en tirant sur le bureau juste au-dessus de la tête de Bo.

Il se baisse, couvrant Wendy de son corps. J'interviens.

– Eh, eh, j'ai très envie de savoir ce que tu as à dire. Raconte-moi comment t'as fait, et pourquoi.

Elle lève la tête et ses pupilles se dilatent.

– Pourquoi ? Je vais te dire pourquoi. Par vengeance.

– Par vengeance ? je chuchote.

– Kidd m'a larguée comme une vieille chaussette il y a quatre ans. Alexis lui a dit de rompre avec moi, puis elle m'a bougée dans une autre équipe pour que son petit frère ne souffre pas. Beurk, grince-t-elle en faisant mine de vomir, appuyant sa main armée sur le bureau à côté d'elle.

– Mais tu n'as pas vendu les secrets commerciaux, je réponds pour continuer de la faire parler.

– Pourquoi je ferais ça ? ricane-t-elle. Je ne veux pas son argent. Je veux qu'elle perde tout ce qu'elle a au profit de ses concurrents. Et je voulais impressionner Kidd et lui montrer ce qu'il a perdu, lui montrer à quel point je suis douée et ce qu'il pourrait encore avoir s'il s'excusait auprès de moi.

Je profite qu'elle soit distraite pour faire un autre pas vers elle. Wendy émet un gargouillis et du sang gicle de sa bouche lorsque Bo la tourne sur le côté pour qu'elle ne s'étouffe pas. Mon cœur bat fort dans mes oreilles et je me couvre de sueur, je peine à respirer.

– Ensuite, tu m'as dit qu'il allait épouser cette nana au lieu de moi, poursuit Éloïse. On aurait été si heureux ensemble ! On était parfaits. Et moi, pendant tout ce temps, j'attendais qu'il se rappelle notre potentiel et qu'il voie que c'était encore possible, qu'on pouvait encore travailler et vivre ensemble. Victoria ne le mérite pas !

– Non, tu as raison. Elle ne le mérite pas. Quant à toi, tu vaux bien mieux que lui. Je suis expert pour ce qui est de trouver un partenaire aux femmes de ton calibre. On l'a fait à San Francisco, juste avant de venir ici. N'est-ce pas, Bo ?

– Ouais, c'est le meilleur, chuchote Bo, mais ses yeux se remplissent de larmes.

Je regarde Wendy et vois qu'elle a perdu connaissance.

– Elle respire encore ? je demande d'une voix pleine d'angoisse.

– Ouais, tout juste.

– Et si on allait te trouver un partenaire, toi et moi, hein ? je propose à Éloïse.

Elle penche la tête sur le côté et tapote le pistolet sur la table.

– Ça pourrait être fun, ouais. Et t'as raison, Kidd ne mérite pas une femme de mon calibre, avec mes talents, déclare-t-elle d'une voix hautaine alors que mon amie se vide de son sang à ses pieds.

Une vague de colère et de haine parcourt mes veines.

Je remarque alors que les renforts sont arrivés. Le mur derrière Éloïse est entièrement vitré et deux policiers lourdement armés passent dans le couloir. Comment ont-ils su qu'on était ici ? Peut-être qu'Alexis a entendu les coups de feu ?

Je regarde le téléphone de Wendy et vois qu'elle n'a pas raccroché avant de s'écrouler. Alexis a tout entendu.

Je retiens mon souffle et fais en sorte qu'Éloïse reste concentrée sur moi.

– Alors, qu'est-ce que t'en dis ? je demande tandis que la porte s'ouvre. Je serais ravi de te trouver un homme. Ce serait tellement facile...

Les deux flics se plantent derrière elle, armes pointées sur elle.

– Les mains en l'air !

Elle me fusille du regard avant de se tourner vers eux en levant les mains.

– Non ! hurle-t-elle.

Elle agite la main qui tient le pistolet, mais chacun des flics lui met deux balles dans le ventre et elle s'écroule.

Je me baisse et rampe jusqu'à Bo, qui a pris Wendy dans ses bras.

– Allez, ma fée Clochette, ne nous abandonne pas, chuchote-t-il contre son front.

Elle ne réagit pas.

♦ ♦ ♦

Quand on est arrivés aux urgences, l'état de Wendy était grave. Les ambulanciers ont parlé d'un affaissement pulmonaire et ont dit qu'elle avait perdu beaucoup de sang. J'ai parlé à Royce et je lui ai dit de nous retrouver à l'hôpital et d'appeler Michael.

À présent, je suis assis sur un lit et un interne recoud ma blessure en m'informant que je suis en état de choc. Je ne sens même pas la douleur. Je ne sens rien. Bo est debout à mes côtés, comme s'il montait la garde. Une heure s'est écoulée depuis que Wendy a été emmenée d'urgence au bloc opératoire.

Royce entre en courant et son manteau vole au vent, comme s'il était un des *Men in Black* et qu'il venait sauver la planète.

– Frangin, soupire-t-il d'une voix encore plus grave que d'habitude en posant sa main sur mon épaule. Ça va ?

Je hoche la tête, incapable de parler.

– C'est une blessure superficielle. La balle lui a frôlé l'épaule, répond Bo.

Roy hoche la tête et écarquille les yeux en le voyant couvert de sang.

– Merde, t'es blessé, toi aussi ? Qu'est-ce qui s'est passé ? On en sait plus pour Wendy ? demande-t-il à toute vitesse.

– Ce n'est pas mon sang, répond Bo en secouant la tête. Wendy a été emmenée au bloc. Elle avait un poumon affaissé, elle a pris une balle dans la poitrine. T'as appelé Mick ? demande-t-il d'une voix rauque.

– Il sera là dans une heure ou deux, répond Roy en passant sa main sur son crâne rasé. Comment ça a pu arriver ?

– Je n'ai pas vu à quel point elle était fragile. Je n'étais pas concentré sur la mission. J'aurais dû comprendre tout de suite. Il y avait quelque chose qui m'échappait...

Ma tête se remplit de tout ce que j'aurais dû faire et qui aurait évité ce drame.

– Je t'interdis de te sentir responsable, gronde Bo en posant une main sur mon dos. On était tous les quatre sur cette mission et on était à deux doigts de tout comprendre quand elle a pété un câble. C'est cette tarée qui est coupable, pas toi !

– Si Wendy meurt...

Je tremble de la tête aux pieds et mes yeux se remplissent de larmes.

– Elle ne peut pas mourir, je chuchote.

Bo appuie son front sur mon dos et Royce empoigne mon épaule.

– Frérot, il faut que tu gardes espoir. Que tu croies en notre nana. Elle est forte. Elle va se réveiller et elle aura une sacrée histoire à raconter.

Je ris malgré mes larmes et je m'essuie le nez sur mon bras. Wendy adore raconter des histoires.

– Ouais, gardons espoir.

– Exactement.

◆◆◆

– Où est-elle ? rugit Michael Pritchard en déboulant dans la salle d'attente des urgences.

Il vient à moi, le visage marqué par la colère et l'angoisse. Il n'est pas beaucoup plus âgé que nous, mais il dégage un tel pouvoir que j'ai l'impression d'être un enfant qu'on va punir. Il ferme la mâchoire et parle en montrant ses dents.

– Où est ma femme ? grogne-t-il si fort que je sens sa voix vibrer dans mon torse.

Je plonge mon regard dans le sien et ses yeux deviennent noirs.

– Si elle meurt, je t'en tiendrai personnellement pour responsable, prévient-il.

– Elle ne mourra pas, je réponds en hochant la tête. Wendy est forte...

– Tu crois que je ne le sais pas ? aboie-t-il. C'est moi qui l'ai sortie de son affreux studio infesté par les rats et de ce boulot merdique qui était bien en deçà de ses capacités et de ses talents. C'est moi qui l'ai aidée à obtenir une éducation. Et en retour, elle m'a ramené à la vie. Sa vie est ma vie. Elle est peut-être votre assistante, votre amie, mais elle est tout pour moi. Mon univers tourne autour de ses désirs, de ses besoins, de son amour. Alors, je sais que Wendy est forte. Ma Wendy, et chaque millimètre de sa perfection est à moi, n'est que force.

Royce pose une main sur l'épaule de Michael, qui grimace.

– Le médecin est là... dit-il en désignant la porte de la salle d'attente.

– Vous êtes la famille ?

– Oui, nous répondons tous les quatre, faisant grincer Michael davantage.

– Je suis son fiancé. S'il vous plaît, dites-moi comment elle va.

– Elle s'en est bien sortie, dit la doctoresse en joignant ses mains devant elle. La balle a pénétré sa poitrine et a perforé son poumon avant de rebondir sur son omoplate. Son poumon s'était affaissé quand elle est arrivée et elle a perdu beaucoup de sang. On a réparé son poumon, retiré la balle, et on l'a mise dans un coma artificiel, le temps que ses constantes vitales reviennent à des niveaux rassurants. Les prochaines vingt-quatre heures vont être cruciales, mais si ses signes vitaux continuent de s'améliorer, et je n'ai aucune raison de douter que ce sera le cas, alors elle s'en sortira très bien.

– On peut la voir ? demande Michael.

– Lorsqu'elle sera sortie de la salle de réveil et qu'elle sera en soins intensifs, quelqu'un viendra vous chercher.

– Merci, Docteur, dit Michael d'une voix tremblante.

Derrière la doctoresse, une infirmière avance vers lui avec un sac transparent qui contient la bague de fiançailles de Wendy et son collier en cuir.

– Euh, j'ai pensé que sa famille devrait garder ça pour elle.

Michael prend le sac dans ses grandes mains, et une larme coule sur sa joue tandis qu'il tombe à genoux.

– Ils ont coupé son collier.

Royce et moi nous baissons et l'aidons à se lever et à s'asseoir sur une chaise en plastique.

– Ils l'ont coupé, sanglote-t-il, alors que d'autres larmes ruissellent sur son visage stoïque.

Le collier en cuir noir a été coupé près du cadenas.

Je tends la main pour effleurer le sac, mais il le plaque contre son torse en me fusillant du regard.

– Pardon, je ne pensais pas à mal, je dis en retirant ma main comme s'il m'avait brûlé.

Michael sort le collier du sac, puis il desserre sa cravate et défait le premier bouton de sa chemise. Il en sort une chaîne dont le pendentif est une petite clé sur laquelle est gravé le prénom de Wendy. Il la prend, la met dans le petit cadenas et l'ouvre. Il l'enlève du collier en cuir, le referme sur sa chaîne, et remet le tout sous sa chemise, contre sa peau.

– Elle va s'en sortir, je dis en serrant son bras.

Il ravale sa salive et regarde le mur blanc devant lui.

– Y a intérêt, sinon malheur à vous, grogne-t-il d'une voix assassine.

CHAPITRE 10

– Pourquoi elle ne se réveille pas ? gronde Michael d'une voix furieuse.

La doctoresse reste immobile, elle attend qu'il se calme.

– Ça fait deux jours qu'elle dort, dit-il.

– On a essayé de la réveiller ce matin, répond-elle. Elle n'est plus sous sédatif, donc rien ne l'empêche de sortir du coma. On pense qu'elle a subi une commotion cérébrale lorsqu'elle est tombée à terre après avoir été touchée. Son corps et son cerveau se remettent du traumatisme. Son activité cérébrale est normale, donc on ne craint rien de ce côté-là. Toutefois, le cerveau peut être capricieux. Votre fiancée se réveillera quand son cerveau et son corps le lui diront. D'ici-là, on ne peut qu'attendre et soigner ses blessures.

La jeune femme tend la main pour toucher le bras de Michael.

– Je comprends que vous soyez impatient de la voir ouvrir les yeux. Nous le sommes tous. Hélas, elle n'est pas prête. Parlez-lui, dites-lui que vous êtes là et que vous êtes prêt à ce qu'elle se réveille.

Michael grimace en entendant les paroles du docteur.

– Très bien, grogne-t-il en serrant les dents.

Il se tourne vers Wendy et s'assoit sur la chaise à côté d'elle, où il est posté depuis deux jours sans s'être douché ni changé. Il porte le même costume rayé que quand il est arrivé, même si son assistante est arrivée hier avec sa valise et qu'elle l'a installé dans une suite de l'hôtel qui jouxte l'hôpital.

– Eh, Michael, pourquoi tu n'irais pas manger, te doucher et te changer ?

Il secoue la tête et porte la main de Wendy à sa bouche en la suppliant du regard.

– Mec, elle a besoin de toi. Plus que jamais, j'insiste.

Je réprime les émotions qui menacent de jaillir en la voyant. Sa poitrine est entièrement bandée, un tube d'oxygène sort de son nez et sa peau est si pâle qu'elle en est transparente. Toutefois, elle semble paisible, contrairement à nous, quatre hommes sur le point de devenir dingues si cette nana n'ouvre pas bientôt ses beaux yeux bleus.

– C'est pour ça que je ne pars pas... rétorque Michael.

– Mick...

– Ne m'appelle pas comme ça, aboie-t-il en se tournant vers moi. Jamais !

– Pardon, je murmure en déglutissant. Mais je vois que tu es beaucoup trop fatigué pour lui être d'aucune aide. Tu devrais aller à l'hôtel, manger un bout, te doucher et te changer. Ce serait encore mieux que tu fasses une sieste. Tu ne lui es d'aucune utilité dans cet état. S'il te plaît, mec, fais ça pour elle.

– Je ne peux pas la laisser seule, répond-il en prenant sa main contre sa joue.

– Elle ne sera pas seule. Je suis là. Les mecs arrivent bientôt pour prendre le relais pour que je me repose aussi.

Que tu le veuilles ou non, on est sa famille, maintenant, et on prend soin des nôtres.

– Mais pourquoi elle ne se réveille pas ? murmure-t-il d'une voix rauque. J'ai besoin de voir ses yeux et d'entendre sa voix pour savoir qu'elle va s'en tirer.

– La toubib a dit qu'elle allait s'en sortir sans problème. Toi, en revanche, tu ne l'aideras pas dans sa convalescence si tu es épuisé. Allez, va manger un bout et douche-toi. Tu pues.

– C'est faux, rétorque-t-il.

– Oui, c'est faux, j'admets en riant pour qu'il sache que je plaisante, mais tu vas bientôt puer si tu portes ce costume encore un jour.

Il soupire longuement et se penche au-dessus de Wendy. Mon ventre se noue et mon cœur bat la chamade. Je me sens mal à l'aise d'être témoin de la souffrance de cet homme, mais sa dévotion pour Wendy est belle. Il est perdu en mer et Wendy est son ancre. Sans elle, il errera dans les océans et laissera le courant l'emporter.

Comme moi, sans Skyler.

– Tu as raison, déclare Michael en se levant brusquement. Tu restes avec elle ?

Je hoche la tête.

– Je reviens vite, ma chérie. Je vais prendre des forces et me changer.

Il l'embrasse sur le front, puis sur la bouche avant de se tourner vers moi.

– Tu as mon numéro s'il y a le moindre changement. N'importe quoi. Si elle remue le petit doigt, je veux le savoir.

– Tu as ma parole.

Il hoche la tête et tourne les talons, me laissant seul avec elle.

– Salut, petite souris, je dis en m'asseyant à ses côtés.

Je lui serre la main et attends une réponse, mais il n'y a rien, elle est perdue dans ses rêves.

– Si seulement tu pouvais te réveiller. Ton homme est sur le point de faire une crise cardiaque en attendant que tu ouvres tes jolis yeux bleus.

Je la dévisage en retenant mon souffle. Rien. Pas le moindre mouvement.

– Je suis désolé, Wendy. Je suis tellement désolé que tu aies été blessée. Ce n'était pas censé se passer comme ça.

Je secoue la tête, laissant parler la culpabilité et la honte qui bouillonnent en moi et menacent de jaillir maintenant que je suis seul avec elle.

– Oh, Wendy, tu ne veux pas te réveiller ? J'ai besoin de voir que tu vas bien. J'ai besoin que tu me dises que tout va bien se passer, parce que je me noie, ma belle. Je me noie dans un océan d'incertitudes. Tu es blessée, Bo et Royce sont anéantis, ton mec est sur le point d'étrangler la prochaine personne qu'il voit et moi j'ai la tête à l'envers. Je crois que je suis devenu fou. Je n'ai pas parlé à Sky, même si je sais que tu veux que je le fasse. Je lui ai écrit, en revanche. Je lui ai dit que tu étais hospitalisée à Montréal après avoir été blessée par balle. Elle n'a pas répondu, et je ne sais pas pourquoi. Peut-être parce qu'elle me déteste de ne pas l'avoir appelée plus tôt pour parler de cette histoire. J'ai besoin que tu te réveilles, sœurette. Réveille-toi et crie-moi dessus. Dis-moi quoi faire. Dis-moi comment arranger la situation.

– Je ne te déteste pas, Parker, chuchote une voix douce.

Je me tourne lentement vers la porte. Elle semble couronnée d'une auréole dorée. Ses cheveux blonds tombent sur ses épaules et ses yeux caramel transpercent ma poitrine pour s'emparer de mon cœur.

– Skyler... je chuchote en me levant.

Des larmes coulent sur ses joues.

– Je ne pourrais jamais te haïr. Je t'aime.

– Mon Dieu, viens ici.

J'ouvre les bras et elle court jusqu'à moi. Elle me serre fort contre elle et sa chaleur m'enveloppe.

Son parfum de pêche et de crème embaume la pièce, remplaçant celui de Javel et d'antiseptique. J'enfouis mon visage dans ses cheveux et je gonfle les poumons. Son corps tremble contre le mien et elle plante ses ongles dans mon dos. Ils me griffent l'épaule et cela me brûle, mais je m'en fiche. Rien ne pourrait m'empêcher de la tenir dans mes bras.

– Chéri, je suis désolée… pour tout… sanglote-t-elle contre mon cou, et ses larmes mouillent ma chemise.

Je plonge ma main saine dans ses cheveux, sur sa nuque, et je la tiens serrée, profitant de la sentir collée contre moi, en chair et en os.

Comment j'ai pu vivre sans ça ?

Sans elle ?

Je la serre plus fort et je ferme les yeux, laissant nos corps se retrouver l'espace d'une minute, ou deux, ou dix. Je ne sais pas combien de temps nous restons dans les bras l'un de l'autre. Cependant, au bout d'un moment, la réalité nous rattrape.

Je me rappelle combien elle m'a blessé.

Ses mensonges.

Sa trahison.

Je grince des dents et la fais reculer en ravalant la bile qui remonte dans ma gorge. Je suis partagé entre le besoin de l'enfermer dans une pièce pour l'interroger et de la prendre par-dessus mon épaule pour la jeter dans un lit et lui faire l'amour comme jamais.

– Park…

– Qu'est-ce que tu fais ici ? je demande d'une voix rauque avant de me racler la gorge.

Elle croise les bras et les frotte, comme si tout à coup elle avait froid. Mais je crois, ou j'espère, que cela a davantage à voir avec la distance qui nous sépare désormais.

– Comment ça ? Tu m'as dit que Wendy avait été blessée, répond-elle en souriant. Wendy est mon amie. Elle est comme une sœur pour toi. Bien sûr que j'allais tout laisser tomber pour être à ses côtés. À tes côtés.

– Je ne m'attendais pas à ce que tu viennes jusqu'ici.

– Parker, il faut qu'on parle. Je ne suis pas ton ennemie. Je suis la femme qui t'aime.

La femme qui t'aime.

Ses paroles viennent à bout de ma volonté, et les dix derniers jours me rattrapent.

La colère que j'ai vis-à-vis d'elle pour avoir retrouvé Johan.

L'amour que j'ai pour elle d'affronter ce qu'elle a affronté.

Les avances incessantes d'Alexis.

La blessure quasi-mortelle de Wendy.

C'est trop, et je suis sur le point d'exploser, mais c'est justement le moment que choisit Bo pour entrer.

– Waouh, salut, dit-il en regardant Skyler, puis Wendy, puis moi. Euh... est-ce que tu veux que je revienne plus tard ?

Je contracte ma mâchoire et dévisage Skyler, notant sa robe ample, son pull large, ses cuissardes en daim. Elle est à la fois le plus beau des rêves et mon pire cauchemar.

– Reste avec Wendy jusqu'à ce que Michael revienne. Et appelle-le s'il y a le moindre changement. Je le lui ai promis. Moi, il faut que je m'occupe d'elle, je grince d'un ton dédaigneux en saisissant la main de Skyler pour la traîner hors de la chambre de Wendy.

– On va où? Tu m'emmènes où? demande-t-elle.

Elle s'agrippe à ma main saine, ce qui tire sur les points de mon épaule, mais je me contente de la tenir plus fort en grimaçant. Il est hors de question que je la lâche. Je ne peux pas m'arrêter. J'ai la tête à l'envers et j'ai besoin de calme pour gérer les émotions qui se battent en moi.

– À l'hôtel, juste à côté. Tu voulais parler, on va parler.

Elle fait en sorte de me suivre, mais je ne marche pas, je cours.

J'ai à peine ouvert la porte de ma chambre que je la pousse à l'intérieur et que je referme la porte avec un coup de pied. Elle me fait face et me regarde, inquiète. Son regard est un mélange de brun et de caramel, et ses joues sont roses. Elle n'a jamais été aussi jolie.

Putain !

– Parker...

Elle se lèche les lèvres, et j'en perds la tête.

Je perds tout contrôle.

Je la saisis par la taille et la plaque contre la porte. Elle pousse un petit cri aigu et j'en profite pour m'emparer de sa bouche. Elle a un goût de menthe et de folie, mais peut-être est-ce moi. Quoi qu'il en soit, je plonge ma langue dans sa gorge et suce la sienne en avalant chacun de ses gémissements. Sa langue danse avec la mienne sur un rythme effréné qui embrase mon sang et chacune de mes terminaisons nerveuses.

Je me frotte contre elle et empoigne ses fesses pour plus de friction lorsqu'elle rompt brusquement le baiser.

– Mon Dieu... dit-elle en penchant la tête en arrière tandis que mes lèvres parcourent sa gorge.

Je la mords sans me soucier de laisser une marque, elle mérite la douleur que je lui inflige. Je veux qu'elle ressente la même chose que moi.

– T'aimes ça, ma pêche ? T'aimes que je perde la tête à cause de toi, je dis en enfouissant mon nez dans son cou et en palpant ses seins malgré la douleur qui surgit dans ma main.

Je mords son globe ferme et elle pousse un cri de joie.

– Oui. Oui, tu m'as rendue folle ! s'exclame-t-elle en se débattant avec ma chemise pour caresser mon ventre.

Elle promène ses mains sur mes abdominaux et une décharge électrique se précipite dans mon sexe. La Bête se dresse et enfle un peu plus chaque fois qu'elle soupire, chaque fois que ses doigts effleurent mon torse.

Je recule et me dégage de ma chemise avant d'ôter son pull. Sa robe prendrait trop de temps à enlever. Elle se débarrasse vite de mon pantalon avant de plonger ses mains dans mon boxer pour me tripoter.

Quelle extase.

C'est le paradis.

Son toucher a l'effet d'une coulée de lave chaude sur ma peau.

– S'il te plaît... supplie-t-elle d'une voix désespérée que je connais trop bien.

Je glisse ma main sous sa jupe et découvre un string en dentelle.

– T'as mis ça pour moi ? je grogne en m'emparant de nouveau de sa bouche.

La dentelle est suffisamment fine pour que je la déchire en tirant dessus d'un coup sec. Elle pousse un cri lorsque le tissu brûle sa peau, et je le mets dans ma poche, appuyant fort ma queue contre elle en remontant ma main sur sa cuisse.

– Tu mouilles pour moi ? je demande en léchant son cou.

– Toujours, gémit-elle.

– Hmmm, je vais devoir le vérifier par moi-même, je réponds en posant ma main entre ses cuisses. Est-ce que tu mouillais autant pour Johan ? je gronde en plongeant deux doigts en elle.

– Jamais, susurre-t-elle en secouant la tête.

Je la doigte plusieurs fois en frottant son clitoris avec la paume de ma main.

– Il t'a touchée comme ça quand tu étais dans sa chambre ? Il t'a doigtée jusqu'à te faire crier son nom ?

Je retire mes doigts et les replonge lentement, conscient que ça va l'exciter sans la faire jouir.

– Non ! s'exclame-t-elle en me frappant le torse. Je ne te ferais jamais ça. Je ne pourrais jamais nous faire ça !

Son regard est noir de dégoût et de rage, et ça ne me laisse pas insensible. J'en avais besoin plus que je ne le pensais. Ça me donne de l'espoir.

Je retire mes doigts de sa fente et elle gémit.

– Non !

– Tiens-toi à mes épaules et grimpe sur moi, j'ordonne.

Elle n'hésite pas une seconde avant d'obéir. Je la soutiens en mettant ma bonne main sous ses fesses et je la plaque contre la porte. Elle s'accroche à moi et je remonte sa robe.

J'effleure sa fente avec mon gland, et si ça me tue de ne pas m'enfouir en elle, j'ai trop besoin de savoir. Elle contracte ses jambes pour me faire avancer, pour me faire plonger en elle, mais je ne peux pas. Pas encore.

Je plonge mon regard dans le sien et je ne cligne pas des yeux.

– Tu as couché avec lui ?

– Non, répond-elle en grimaçant, tandis que ses yeux se remplissent de larmes.

– Tu m'as trompé, Skyler ? Dis-moi la vérité.

– Je te jure que non, rétorque-t-elle d'une voix furieuse. Je t'aime, ajoute-t-elle d'un ton plus doux.

– Putain !

Je m'enfouis en elle, laissant deux semaines de colère, de haine et de doute rejaillir à la surface.

– Tu es à moi, je grogne en frottant mon bassin contre le sien, essayant d'aller encore plus profond, jusqu'à ce que je sois entièrement perdu en elle, enveloppé par la femme que j'aime.

– Chéri... Putain, tu m'as manqué, crie-t-elle.

C'est trop. Je ne tiens qu'à un fil, qu'à un seul de ses cheveux dorés.

– Jouis avec moi, je gronde en accélérant les va-et-vient alors qu'elle se contracte sur ma queue.

Des étincelles et des picotements parcourent mon corps tandis que je réalise le potentiel que Skyler et moi avons.

Je sens son entrejambe paradisiaque qui accueille chacun de mes allers-retours.

Je sens ses bras qui me tiennent fort contre elle, comme si elle ne voulait jamais me lâcher.

Je me sens de nouveau serein en goûtant ses lèvres sur les miennes, son souffle dans ma bouche.

Je sens son âme qui retrouve la mienne.

– Je ne serai plus jamais le même, je chuchote contre sa bouche en nous rapprochant de l'orgasme à chaque nouveau coup de bassin.

– Chéri... gémit-elle en se léchant les lèvres.

Une nouvelle vague de plaisir se précipite dans mon sexe en sentant sa langue et j'y vois flou alors que mes cuisses se verrouillent. Je me couvre de sueur et une euphorie violente se propage dans le bas de mon dos, faisant remonter mes testicules qui frappent ses fesses.

Je tiens son visage dans ma main blessée, son menton entre mon pouce et mon index.

– Tu m'as détruit. Je ne peux plus être sans toi. Sans ça. Je t'aime, Skyler. Je t'aime, putain, tellement que ça me ronge.

Des larmes coulent sur ses joues et son sexe se contracte autour de moi alors qu'elle s'agrippe à mes épaules et plante ses talons dans mes fesses. Elle plaque sa bouche contre la mienne et m'embrasse avec tout son amour, sa sincérité et sa vérité. Ça me guérit, à l'intérieur comme à l'extérieur, et je m'envole au septième ciel.

♦ ♦ ♦

Ses cheveux sont doux lorsque j'y passe la main. Après avoir baisé, on a atterri sur le lit, à moitié habillés, moi dans mon pantalon défait et torse nu, et elle avec sa petite robe. À mon grand regret, elle a enlevé ses bottes.

Je regarde le réveil et réalise que cela fait plus de deux heures que nous sommes là et que nous n'avons rien réglé en dehors de notre appétit sexuel.

– Il faut qu'on y aille. Wendy pourrait se réveiller à tout moment.

Je laisse tomber ses cheveux entre mes doigts, mèche par mèche, et je m'assois en posant les pieds par terre.

– Chéri, il faut qu'on parle. Vraiment.

Elle pose sa main sur mon dos nu et ma peau s'embrase.

Je hoche la tête et me lève, incapable de supporter sa caresse. Si je la laisse faire, je céderai à mon désir et j'oublierai tout le reste.

– On parlera, ne t'en fais pas.

– Mais... tu me crois ? demande-t-elle en s'agenouillant sur le lit.

Sa voix tremble et elle s'appuie sur ses talons, comme un petit chiot qui attend sa récompense.

– Ouais, je te crois, je réponds en plongeant mon regard dans ses yeux tristes. Mais ça ne veut pas dire que je ne suis pas blessé et que je ne t'en veux plus d'avoir été le voir.

– Il fallait que je répare la situation... se dépêche-t-elle de dire.

– On ne peut pas faire ça maintenant, Sky. Il faut que je retourne auprès de Wendy. Elle a besoin de nous. De nous tous. Tu comprends ?

Elle se mord la lèvre et descend du lit en rampant pour remettre ses bottes.

– Il faut que je récupère ma valise, dit-elle en désignant sa robe pour me rappeler qu'elle n'a plus de culotte.

– Oui, d'accord.

Elle regarde pour la première fois le bandage sur mon épaule.

– Qu'est-ce que c'est ?

– Une éraflure. On m'a tiré dessus le même jour que Wendy.

Elle écarquille les yeux et ils se remplissent une nouvelle fois de larmes. Elle saisit mon poignet, juste au-dessus de ma main bandée que l'interne a dû recoudre après que j'ai arraché les points durant la semaine.

– Et ça ? demande-t-elle d'une voix rauque.

– Laisse tomber, Sky, je réponds, honteux.

– Et ça ? insiste-t-elle en embrassant la paume de ma main.

– Je me suis battu contre un mur et une bouteille de bière, j'admets en fermant les yeux. Mais tu n'as pas encore vu le mur.

– Quand ? demande-t-elle alors qu'une larme coule sur sa joue.

– Sky...

– Quand ?

– Le jour où tu t'es réveillée dans le lit d'un autre homme, je gronde.

Elle ferme les yeux et laisse couler ses larmes.

– Parker, je n'ai pas dormi avec lui.

Ses paroles sont encore plus convaincantes maintenant que je ne suis pas enfoui en elle.

Je me redresse pour me tenir plus droit et je plonge mon regard dans le sien.

– Je te crois.

SKYLER

Parker tient ma main et me guide le long des couloirs de l'hôpital. Je regarde son beau visage de profil et rêve de caresser cette mâchoire puissante et sa barbe de trois jours, de promener un doigt sur ses pommettes hautes et sur son nez aquilin. Cependant, ses beaux yeux bleus, ou plutôt les cernes qui les soulignent, m'inquiètent. Je serre sa main pour lui rappeler que je suis là, remerciant le Ciel qu'on soit ensemble.

Cela fait presque deux semaines que je prie pour ce moment. Nous nous sommes retrouvés à l'hôtel dans un méli-mélo de bouches et de mains, dans une fièvre qui a atteint son pic de la plus belle façon qui soit. Toutefois, cela n'a pas apaisé mes doutes quant à l'état de notre relation. Je ne peux qu'espérer que cela suffira jusqu'à ce qu'on ait le temps de parler et de rétablir la vérité sur ce qui s'est passé.

Lorsque nous arrivons dans la chambre de Wendy, Michael est en train de parler à une femme et un homme blond. La nana semble tout droit sortie d'une pub *Wonderbra* ou d'une version plus classe d'*Entrevue*.

Ses cheveux tombent sur ses épaules en grosses boucles et elle porte une robe bleu roi si moulante qu'elle semble avoir été cousue directement sur elle, tout l'inverse de ma robe ample et de mon pull. Elle porte des escarpins avec des talons de dix centimètres et ses lèvres sont roses et brillantes. On dirait qu'elle sort de boîte alors qu'il n'est que midi. Étant donné leur ressemblance, j'imagine que l'homme assis à côté d'elle, vêtu d'un jean et d'un tee-shirt, doit être son frère.

– Parker ! s'exclame-t-elle en se levant d'un bond pour se jeter dans les bras de mon homme.

Parker lâche ma main et lui tapote le dos en guise de soutien, heureusement, il ne fait rien de plus. Cela dit, ça ne m'empêche pas de grincer des dents.

– Alexis, qu'est-ce que tu fais là ? demande Parker avant de saluer le jeune homme.

– On est venus le premier jour, et hier aussi, mais on ne s'est pas croisés. On est horrifiés de ce qui est arrivé à Wendy, et encore plus qu'une de nos employées soit responsable.

Elle renifle, et ses yeux se remplissent de larmes. Elle appuie son front sur le torse de Parker et sanglote ouvertement. Il caresse son dos et je le vois déglutir. Il me regarde, puis il fronce les sourcils. Je ne sais pas ce que cela signifie ni pourquoi il fait cela. Peut-être parce qu'une inconnue pleure contre lui. Peut-être qu'il ne veut pas que je le voie la consoler.

– Ça va, Wendy va s'en tirer, chuchote-t-il contre ses cheveux.

Il fait signe à l'homme de venir et il lui laisse prendre le relais. Un dernier sanglot échappe à la femme, puis elle lève la tête et accepte le mouchoir que Michael lui tend. Quel gentleman, celui-là.

– C'est qui ? demande-t-elle en me pointant du doigt et en essuyant ses yeux et son nez.

Pas une goutte de son maquillage n'a coulé et je la déteste d'être aussi parfaite, même en pleurant.

– C'est la copine de Parker, répond Michael comme si c'était une évidence.

Elle écarquille les yeux, un sourire machiavélique se dessine sur ses lèvres.

– Elle est jolie. Je comprends, maintenant, pourquoi tu n'as pas accepté ma proposition, dit-elle à Parker en me reluquant de la tête aux pieds.

Accepté sa proposition ?

Quel genre de proposition lui a-t-elle fait ?

Une vague de jalousie déferle dans mes veines et je la fusille du regard en fermant les poings. Mon cœur bat si fort dans ma poitrine que je peine à respirer, et mon ventre se noue à tel point que je crains de vomir mon petit déjeuner.

– Waouh, ton regard est meurtrier, me lance-t-elle en se passant la main dans les cheveux avec une nonchalance que je n'ai jamais su maîtriser. Ne t'en fais pas, il n'a pas accepté ma proposition. Enfin, pas tout à fait, conclut-elle avec un clin d'œil.

– Qu'est-ce que ça veut dire, Parker ? C'est qui cette femme ? Tu as quelque chose à me dire à propos de Barbie ?

– Je te présente Alexis Stanton, répond Parker en se frottant la nuque, et Kidd, son petit frère. Ce sont nos clients et la fusillade a eu lieu dans leurs locaux. Ils sont venus voir Wendy et non, je n'ai rien à dire. On parlera du reste plus tard.

Son ton ne laisse de place à aucune discussion et je me tais, même si je bous de rage et d'angoisse.

– Ton visage me dit quelque chose, tu ressembles comme deux gouttes d'eau à l'actrice Skyler Paige, dit la blonde.

– C'est parce que *c'est* Skyler Paige, soupire Parker en regardant ses pieds, clairement embarrassé par la situation.

– Waouh, répond Alexis en clignant rapidement des yeux, comme si elle avait du mal à le croire.

Prends ça, espèce de garce !

Michael vient vers moi et je serre sa main dans les miennes.

– Merci d'être venue, Skyler. Wendy serait ravie. Tu devrais lui parler, je pense qu'elle t'entend. Qu'elle vous entend tous, ajoute-t-il en regardant par-dessus son épaule tandis qu'il me guide au chevet de sa fiancée.

Mon estomac fait un saut périlleux en la voyant immobile et bandée, avec des cercles noirs autour des yeux et la peau grise. Je m'assois à côté de sa tête et prends sa main.

– Wendy... c'est moi, Sky. Ta nouvelle meilleure amie, tu te souviens ? Eh, réveille-toi ma belle. Tu as un mariage à organiser et on a des robes de demoiselle d'honneur à choisir. On allait se faire une virée en ville entre filles !

J'appuie mon menton sur son bras et je fixe son visage en priant pour qu'elle se réveille.

– Réveille-toi, je t'en supplie, je chuchote d'une voix rauque.

Deux mains chaudes se posent sur mes épaules. Parker.

– Je ne savais pas qu'elle t'avait demandé d'être sa demoiselle d'honneur.

Mon nez se met à couler et je renifle, peu importe que Barbie Gros Seins me voie craquer. Mon amie est dans un lit d'hôpital et elle se bat pour survivre, le reste n'a pas d'importance.

– Ouais, quand tu es parti à San Francisco. Elle m'a appelée et j'ai dit oui. J'ai dit que ce serait un honneur pour moi de jouer un rôle dans ton mariage, j'ajoute en dévisageant Wendy et en espérant qu'elle entendra ma sincérité, où que divague son esprit.

Le temps passe et je reste à ma place en tenant la main de Wendy, priant pour qu'elle ouvre les yeux.

Ouvre les yeux.

Je répète la phrase en boucle dans ma tête, mais elle ne bouge pas d'un iota.

Un peu plus tard, les mains chaudes de Parker réapparaissent sur mes épaules. Il se baisse pour m'embrasser sur le crâne et je regrette qu'on ne puisse pas rester ainsi plus longtemps, dans ce moment plein d'amour et de tendresse où on forme un couple qui s'aime et qui n'a pas de secrets.

– Il est temps de rentrer à l'hôtel, les visites sont finies, chuchote-t-il.

Je cligne des yeux, comme si je me réveillais brusquement après avoir été hypnotisée. Michael est assis en face de moi et il tient l'autre main de Wendy, les yeux rivés sur son visage. Je ne me souviens pas de l'avoir vu s'asseoir là et je ne sais pas depuis combien de temps je suis assise, mais j'ai mal au dos et mes jambes sont raides.

– Allez, viens, dit Parker en me prenant la main pour m'aider à me lever.

– Réveille-toi, je t'en supplie, je dis une dernière fois à Wendy.

Bo et Royce sont postés de chaque côté de la porte, comme des gardes du corps, et mon estomac fait de nouveau un saut périlleux en voyant les amis de Parker. Le visage de Bo est froid et celui de Royce impassible, mais je ne sais si c'est à cause de moi ou de Wendy.

– Salut les gars, je dis en avançant, tirée par Parker.

– Skyler, répond sèchement Bo en regardant nos mains.

– Salut, répond Royce d'un ton qui laisse entendre qu'il n'est pas ravi de me voir.

Je ferme les yeux et baisse la tête, les yeux rivés sur le lino blanc du couloir, glacée jusqu'à la moelle par leurs réactions. Est-ce qu'ils me pardonneront un jour ma maladresse ?

♦ ♦ ♦

Parker ne dit pas un mot pendant que nous récupérons ma valise à l'accueil et retournons à sa chambre d'hôtel.

Pensive, je pose mon sac sur le canapé et fouille dedans pour en sortir un short et un caraco ainsi que ma trousse de toilette. Je m'enferme dans la salle de bains pendant que Parker commande à manger au room service. Il sait ce que j'aime, alors je le laisse faire et puis, je n'ai pas faim, de toute façon.

Entre mon angoisse pour Wendy et mes doutes quant à ce qui s'est passé entre Alexis et Parker, j'ai la tête à l'envers. J'ai le cœur lourd et la poitrine serrée tandis que je pose mon pyjama sur la coiffeuse et que je me regarde dans le miroir. Mes longs cheveux tombent dans mon dos et le peu de maquillage que j'ai mis aujourd'hui a disparu. Néanmoins, je me lave le visage et me mets de la crème, prenant du temps loin de celui qui m'attend dans la pièce voisine.

Je ne sais pas quoi lui dire ni comment lui faire comprendre que je ne l'ai pas trahi. Il dit qu'il me croit, mais si c'est vrai, pourquoi ne me parle-t-il pas ? Pourquoi évite-t-il la conversation ? Et que s'est-il passé avec Barbie Gros Seins ?

Une idée me vient, et je décide de la suivre, même si je ne sais pas comment il le prendra. J'ai l'impression d'être sur le toit d'un gratte-ciel. Les voitures circulent en contrebas, les citoyens continuent leur journée, et moi je suis là, au bord du précipice, ne sachant si je préfère être sauvée ou tomber dans le vide.

Je revois soudain les yeux tendres de ma mère et un souvenir me ramène plusieurs années en arrière, quand j'avais seize ans et qu'un garçon qui me plaisait dans le film que je tournais m'avait vexée. J'étais devant un miroir, et ma superbe mère se tenait derrière moi en passant ses mains dans mes cheveux. Ses yeux chocolat étaient rivés sur moi et me transmettaient tout son amour et sa compassion.

« *Tu sais quoi faire, trésor,* avait-elle dit en me souriant tendrement.

Je secouai la tête, les larmes aux yeux.

– *Non, justement, Maman. Il m'a fait du mal, et je ne sais pas si on peut être plus que des amis.*

– *Oh, mais je n'ai pas enseigné le pardon à ma fille pour rien.*

Je fermai la bouche et fronçai les sourcils.

– *Il s'est excusé ?*

– *Oui, mais je ne suis pas sûre de le croire,* avais-je répondu d'une voix tremblante.

– *Eh bien mon trésor, on dirait que tu vas devoir suivre le meilleur conseil que ma mère m'a donné quand j'avais à peu près ton âge. Surtout avec les garçons.*

– *Que t'avait dit Mamie ?*

Ma mère était la femme la plus sage et la plus aimante que je connaissais et je rêvais de devenir comme elle en grandissant.

– *Tu dois suivre ton cœur. Il te montrera toujours le chemin.* »

Avec le conseil de ma mère dans ma tête et dans mon cœur, je fouille dans ma trousse de toilette pour en sortir un rouge à lèvres rose foncé. Je l'ouvre et me mets sur la pointe des pieds pour écrire mon propre message à Parker. J'espère qu'il comprendra et qu'il gardera ça à l'esprit.

Fais confiance à ton cœur.
Je t'aime,
Ta pêche

Lorsque j'ai fini, je mets mon pyjama et ouvre la porte de la salle de bains, aussitôt assaillie par l'odeur des hamburgers et des frites. Mon estomac gargouille et Parker rit en désignant mon assiette.

– C'était rapide.

– Ma pêche, tu as passé une éternité là-dedans. Je pensais que tu prenais un bain.

– Je n'ai pas vu passer le temps, je marmonne.

– Ah oui ?

Je hoche la tête.

– Bon, viens manger, dit-il en reculant une chaise pour moi.

Je laisse mes jambes me porter jusqu'à la table et je m'assois. Il avance ma chaise puis il regagne la sienne, où il se laisse tomber en poussant un long soupir, comme s'il portait le poids du monde sur ses épaules. Je meurs d'envie de le soulager, mais je crains de faire partie du problème.

– Est-ce qu'on va parler ? je demande, ne pouvant plus me retenir.

Il repose son burger sans y avoir touché.

– Oui, bébé, on va parler. Après le dîner, au lit, quand je pourrai te tenir dans mes bras, on parlera.

– Tu me le promets ?

– Est-ce que je t'ai déjà menti ?

Sa question semble avoir un double sens, comme s'il suggérait que j'avais menti, alors que ce n'est pas le cas. Il faut qu'il le sache et qu'il comprenne que je ne lui mentirai jamais.

– Non, jamais, je réponds en espérant ne pas me tromper.

Même si j'angoisse à propos de ce qui a pu se passer avec Alexis, nous devons d'abord parler de Johan. C'est la priorité, même si j'ai du mal à contenir mon angoisse.

– Et je ne suis pas près de commencer, dit-il.

– Est-ce que tu as couché avec Alexis ? je demande, incapable d'attendre qu'on ait fini de manger.

Il soupire et appuie ses doigts sur ses tempes.

– Je croyais qu'on allait attendre d'avoir mangé.

– J'ai besoin de savoir, je réponds d'une voix rauque et désespérée.

– Non, je n'ai pas couché avec elle. Maintenant, mange ton burger. Je crains que la nuit soit longue.

– Du moment que je sais qu'au final, on sera encore ensemble. Tu peux me le promettre ?

Une larme coule sur ma joue et mon cœur bat la chamade. Ma peau se couvre de chair de poule et je regrette qu'on ne soit pas déjà au lit pour qu'il puisse me tenir contre lui et me rassurer.

– Parker... je supplie.

Il lève la tête et plonge ses yeux bleus dans les miens.

– Je ne sais pas ce que nous réserve l'avenir, Sky. Tout ce que je sais, c'est que je veux que tu fasses partie du mien.

THE END... POUR LE MOMENT